H.CAPADRUTT · NANO KONTROLLE

H. CAPADRUTT

WER
OHNE
SÜNDE
IST ...

NANO KONTROLLE

THRILLER / KRIMI

© 2022 Hans Capadrutt
Umschlag,LayoutundSatz:hc
Herstellung und Verlag: BoD – Books on Demand,Norderstedt
ISBN: 9 783756 836710

PROLOG

Ein junger Mann namens Björn Larsson verlässt gegen vier Uhr nachmittags das Büro einer Firma in Gamla Stan, der Altstadt von Stockholm. Unter dem Arm trägt er eine Mappe mit Unterlagen, die ihn als hochqualifizierte Führungskraft ausweisen. Der CEO der Firma, bei der er sich vorgestellt hat, ist beeindruckt. Er wird seine Bewerbung an den Verwaltungsrat weiterleiten.

Der junge Mann ist zuversichtlich, dass er den Job bekommt. Er läuft durch Stockholms engste Gasse, die Mårten Trotzigs gränd, und bleibt vor einem Restaurant stehen. Eigentlich ist es noch zu früh für ein Bier. Andererseits ... Warum nicht. Er betritt das Lokal, setzt sich ans äusserste Ende der Bar und legt die Mappe mit seinen Bewerbungsunterlagen auf den Tresen. Während er sein Bier trinkt, macht er sich Notizen über den Verlauf des Vorstellungsgesprächs.

Drei Männer betreten das Restaurant und setzen sich ans andere Ende der Bar. Björn Larsson trinkt sein Bier. Bald verspürt er die gewünschte Entspannung. Er verstaut seine Notizen in der Mappe, bezahlt und verlässt das Restaurant. Es ist Winter und bereits dunkel.

«Hallo, in einer halben Stunde bin ich zu Hause.»

Björns Frau wartet. Die Tür geht auf, sie hört Schritte auf dem Gang ...

«Björn?», ruft sie und eilt ihrem Mann entgegen ...

Die Männer, die am anderen Ende der Bar sassen, fahren mit einem jungen Ehepaar im Kofferraum auf eine Baustelle. Alles ist vorbereitet. Björn Larsson und seine Frau werden für immer verschwinden.

Die Mappe mit den Bewerbungsunterlagen landet auf dem Tisch eines Headhunters, der dafür sorgt, dass aus Björn Larsson der CEO Arne Hansson wird.

Der Headhunter wählt die Nummer eines Unternehmers aus der Schweiz. Herr Brenners Hi-Tech-Firma ist ausgewählt worden, um unter der Leitung von Arne Hansson einen Chip zu entwickeln, der die Menscheit verändern soll.

«Guten Abend, Herr Brenner. Wir haben jemanden gefunden, dessen Qualifikationen perfekt dem Anforderungsprofil entsprechen, das wir mit ihnen erarbeitet haben. Wie abgemacht, wird er als CEO ihrer Firma in allem freie Hand haben, um das angestrebtes Ziel zu erreichen!»

Der Besitzer der Hi-Tech-Firma, schweigt.

«Herr Brenner?»

Schweres Atmen.

«Mein angestrebte Ziel ist es, das Leben der Menschen zu verbessern. Um das zu erreichen hat sich ein befreundeter Ingenieur bereit erklärt, seine Tochter, eine hochintelligente Bio-Chemikerin, der Firma zu verpflichten. Um sie zu schützen hat er darauf bestanden, sie über die Organisation, der sie unter der Leitung des neuen CEO dient, im Dunkeln zu lassen.»

Der Headhunter räuspert sich.

«Es tut mir leid, Herr Brenner. Was auch immer sie mit diesem Ingenieur abgemacht haben, es wird nichts daran ändern, dass sie persönlich die Verwirklichung ihres Projekts nicht mehr erleben werden.»

Längeres Schweigen.

Dann: «Ich weiss … Ich weiss … Meine Ärzte geben mir maximal noch ein halbes Jahr. Nach meinem Tod wird, da mein Sohn kein Interesse hat, meine Frau die Firma erben. Sie wird nicht sehr erfreut sein, wenn sie erfährt, dass ich ihrem CEO mehr Vollmachten übertragen habe als ihr.»

1. KAPITEL

GEBURTSTAGSFEIER

Valpra ist ein kleiner Ort im Leschertal. Im oberen Teil des Dorfes steht ein altes von Efeu überwachsenes Haus, in dessen verwildertem Garten eine riesige Eiche ihre gewaltigen Äste in den Himmel streckt. Direkt daneben haben Paul und Maja ihr Haus gebaut.

Auf dem Küchentisch stehen zwei Torten mit je vier brennenden Kerzen. Darauf, mit farbigem Zuckerguss geschrieben, die Namen der Geburtstagskinder: ALESSIA und LUCAS.

«Achtung, fertig, los! Ausblasen!», ruft die Mutter.

Alessia zögert, spitzt die Lippen und pustet vorsichtig eine Kerze aus. Lucas prustet mit aller Kraft. Vier kleine Räuchlein wirbeln über den Kuchen.

«Alessia, du schaffst das auch!», ermuntert Paul seine Tochter.

Alessia bläst jede Kerze einzeln aus.

Die Eltern klatschen in die Hände.

«Happy Birthday, liebe Alessia, lieber Lucas ...»

«Nein! Nicht singen!», ruft Alessia, hält sich die Ohren zu, rutscht vom Stuhl, läuft in ihr Zimmer und kriecht unter die Bettdecke.

Lucas bleibt sitzen und schaut zu, wie die Mutter seinen Kuchen mit dem Küchenmesser in kleine Teile schneidet. Mit beiden Händen greift er zu, schiebt sich ein Stück in den Mund und kaut mit vollen Wangen genüsslich vor sich hin.

DAS UNGLÜCK

Majas Mann Paul arbeitet als Abteilungsleiter in einer Firma, die sich mit Nanotechnologie befasst. Vor einem Tag ist er vierzig geworden. Auf dem Schreibtisch steht ein grosser Blumenstrauss. An die Vase angelehnt eine Karte mit den Unterschriften der Mitarbeiter. Daneben ein Fotorahmen mit dem Bild seiner Frau und den Zwillingen, Lucas und Alessia. Maja hält ihre Kinder glücklich lächelnd umschlungen. Das Foto hat Paul an ihrem vierten Geburtstag gemacht, am Nachmittag des achten Mai vor vier Jahren. Im Garten vor dem Haus, das sie vor zehn Jahren gebaut haben.

Eine glückliche Familie. Ein wolkenloser Himmel. Zwei Stunden nachdem das Foto entstanden ist, hat das Wetter umgeschlagen. Ein starker Wind ist aufgekommen und hat in kürzester Zeit dunkle Wolken herbeigezaubert.

Beim Eintreffen der Eltern, Pauls Bruder und Majas Schwestern, zucken bereits die ersten Blitze über die wolkenverhangenen Berge.

Das verhaltene Donnergrollen deutet Paul als Zeichen, dass das Gewitter noch weit entfernt ist und keine Gefahr bedeutet.

Maja will sofort die Tische abräumen und die Feier ins Wohnzimmer verlegen. Paul hingegen eilt es nicht.

«Ein wenig Regen hat noch niemandem geschadet», meint er lachend.

Majas Schwestern spielen weiter mit den Zwillingen. Ihr Vater flirtet mit Pauls Mutter und Pauls Vater ist, wie bei jedem Familientreffen, in ein politisches Streitgespräch mit Majas Eltern verwickelt.

Der Himmel wird dunkler, der Wind stärker.

«Halloo! Gleich fängt es an zu regnen. Wir müssen ins Haus!», ruft Maja warnend.

Weil niemand hören will, beginnt sie mit dem Abräumen. Zusammen mit der älteren Schwester trägt sie Kuchen, Geschirr, Besteck und Gläser ins Wohnzimmer.

Als Maja wieder aus dem Haus tritt, wird es auf einen Schlag hell. Endlos lange. Paul, seine Eltern, die Zwillinge, Majas Eltern und auch ihre Schwestern bewegen sich extrem verlangsamt.

Maja ist nicht fähig, einen Gedanken zu fassen. Sie will schreien, rufen, warnen, doch kein Ton kommt aus ihrer Kehle. Als das grelle Licht endlich erlischt, sieht sie mit panischem Schrecken, wie – als ob ein Riese mit der Axt zugeschlagen hätte – ein Teil der alten Eiche in Nachbars Garten vom Stamm getrennt wird. Nur ein paar Meter entfernt hält ihre jüngste Schwester spielerisch kämpfend die Zwillinge umschlungen.

Das gewaltige Krachen des Donners löst die Zeitlupe auf. Maja schreit und rennt, rennt und schreit. Und während sie, ausser sich vor Angst, möglichst schnell zu ihren Kindern will, spürt sie, wie ihre Beine einknicken, als ob sie aus Gummi wären. Mit einem entsetzten Schrei fliegt sie auf den Rasen. Im Fallen sieht sie, wie der riesige Baumteil das alte Gartenhäuschen zerschmettert und mit einem dumpfen Krachen Sarah und die Zwillinge unter seinen Ästen begräbt.

Nachdem die Feuerwehrmänner mit der Kettensäge den Zugang freigemacht haben, findet man die Zwillinge noch lebend unter Sarahs Körper. Lucas ist nur leicht verletzt. Alessias Kopfverletzungen sind so schwer, dass sie noch auf dem Transport ins Spital ein Engel wird.

PIA

Pias Eltern waren, als sie neun Jahre alt war, aus Deutschland in die Schweiz eingewandert. Pia hatte sich schnell an die neue Umgebung gewöhnt und bald Freundinnen gefunden. Vier Jahre später sprach sie bereits akzentfrei den einheimischen Dialekt. Nach einer Lehre als Chemielaborantin mit Berufsmittelschule hatte sie an der ETH studiert und danach in der Firma, in der ihr Vater und Majas Mann Paul arbeiteten, eine Anstellung als Biochemikerin erhalten.

Gross, schlank, blond und sportlich unterschied sie sich in jeder Hinsicht von Pauls dunkelhaariger Frau, wurde aber vielleicht gerade deshalb mit den Jahren zu ihrer besten Freundin. Als dann das Unglück geschah, war sie sofort da und half Maja, den Verlust von Alessia und Sarah zu bewältigen.

PAUL UND PIERRE

Paul hat Pierre vor zwanzig Jahren in der Abendschule kennengelernt. Sie haben zusammen Aufgaben gebüffelt und sind dadurch Freunde geworden.

Paul, ein ernsthafter, bodenständiger Typ, ist auf dem Land aufgewachsen. Pierre, als Sohn eines höheren Beamten aus der Stadt, hat einen gänzlich anderen Charakter. Wenn er sich mit Paul trifft, erzählt er ihm als Erstes von seiner neuesten Eroberung. Paul lernt dadurch eine Welt kennen, die ihm bis dahin fremd war. Wenn er eine Frau kennenlernen möchte, dann nur, weil er eine ernsthafte Beziehung sucht.

Pierre besucht die Abendschule, weil sein Vater das wünscht und finanziert. Er könnte danach einen Job als Führungskraft bekommen und Karriere machen. Doch das interessiert ihn nicht. Während der gemeinsamen Schulzeit erzählt er Paul immer wieder von seiner Faszination für die Welt des Bösen. Einer Welt, in der alles erlaubt sei, was gegen Recht und Gesetz verstosse.

Paul nimmt sein Gerede nicht ernst. Das Böse ist doch irgendwie überall, denkt er. Als Gegenpart des Guten. So wie Freude und Leid, Liebe und Hass, Licht und Schatten. Trotzdem macht er sich ab und zu Gedanken. Vor allem, als ihm Pierre eines Tages erzählt, dass er, sobald von seinem Vater finanziell unabhängig, das grosse Geld machen wolle. Und das ginge am schnellsten, wenn es ihm gelänge, das Gesetz auszuhebeln.

PAUL UND ARNE

Freitagnachmittag. Kurz bevor Paul Feierabend machen will, wird er ins Büro des CEO gerufen.

Arne, ein Mann mit kalten Augen, blond, gross, doppelt so schwer wie Paul und gut zehn Jahre älter, sitzt in eine Akte vertieft hinter einem massiven Schreibtisch. Paul ist ab und zu mit ihm aneinandergeraten, weil er sich für seine Mitarbeiter eingesetzt hat.

«Bitte setz dich, Paul. Ich muss etwas mit dir besprechen», murmelt der schwedische Manager. Mit einem leichten Unbehagen lässt sich Paul in den Besuchersessel fallen.

«Paul, es ist etwas vorgefallen.»

Paul erschrickt.

«Keine Angst, es hat nichts mit dir zu tun und auch mit keinem deiner Leute. Da wir das jedoch nicht sicher wissen, muss jeder Bereich, jede Abteilung, genauestens überprüft werden.»

«Überprüft? Weshalb?», fragt Paul besorgt.

«Unsere IT-Leute haben berichtet, dass jemand die Unterlagen unserer Erfindung zu hacken versucht.»

«Geht es um den Nano-Chip?»

«Ja, könnte man so sagen. Was wir für unsere Kunden herstellen, gehört, wie du weisst, zur Hochtechnologie auf diesem Gebiet.»

Paul spürt, wie ein Gefühl in ihm hochsteigt, das ihn an das Unglück vor vier Jahren erinnert.

«Mein Gott, Arne! Das wäre eine Katastrophe! Natürlich müssen wir dem nachgehen. Ich werde alle Mitarbeiter in meiner Abteilung überprüfen und genau beobachten …»

«Nein, nein, Paul, das ist nicht nötig. Die Abteilungsleiter müssen nichts unternehmen, einfach nur weiterarbeiten, wie bisher. Allerdings müssen wir, was gesetzlich eigentlich nicht erlaubt ist, die E-Mails der Mitarbeiter überwachen.»

«Dem kann ich auf keinen Fall zustimmen, Arne. Das würde auch die Gewerkschaft nicht tolerieren!», antwortet Paul entrüstet.

«Ok, dann lassen wir das mit den E-Mails. Übrigens, ich erwarte, dass du diese Information für dich behältst!»

«Natürlich, Arne! Ist doch selbstverständlich!»

Arnes Gesicht verzieht sich zu einem, wie Paul findet, nicht ganz ehrlichen Lächeln, als er sagt: «Ist gar nicht so selbstverständlich, Paul. Es gibt Leute, die das nicht machen würden.»

Pia ist bei Maja zu Besuch. Sie hat einen Kuchen mitgebracht, Maja macht Kaffee und setzt sich zu ihrer Freundin an den Küchentisch.

«Pia? Bist du noch da?»

«Ah ja, wieso?»

«Hast du mitbekommen, was ich erzählt habe?»

«Sorry, ich war in Gedanken ...»

«Das mit Paul ...»

«Deinem Mann? Was ist mit ihm?»

«Paul hat sich verändert. Ich vermute, dass er mir etwas verheimlicht, vielleicht ...»

«Vielleicht was?»

«Ach, ich weiss auch nicht. Manchmal kommt mir der Gedanke, dass eine andere Frau im Spiel sein könnte.»

«Paul? Nein, das kann ich mir nicht vorstellen, Maja!»

«Und wieso nicht?»

«Ganz einfach, Paul ist nicht der Typ für so etwas.»

«Aber was ist es dann? Paul ist oft völlig abwesend. Manchmal wird er plötzlich wütend, dann wieder bringt ihn nichts aus der Ruhe. Und wenn ich ihn frage, was los ist, sagt er einfach: Nichts! Was sollte denn sein?»

Pia nimmt einen Schluck Kaffee und schaut hinaus in den Garten, in dem das Unglück passiert ist. Immer noch steht die alte Eiche, wenn auch nur noch zur Hälfte, nah am neu erstellten Zaun. Wieso der Nachbar sie nach dem Unglück nicht hat fällen lassen, ist ihr ein Rätsel.

Maja kann Pias Gedanken lesen.

«Alfred hat gesagt, er lasse seine Eiche stehen, weil sie nichts dafür könne, dass der Blitz in sie eingeschlagen habe und auch nicht, dass meine Schwester mit den

Kindern gerade zu diesem Zeitpunkt am Zaun gestanden sei. Zudem habe er, mit fast der Hälfte des Baumes, auch eine Art Kind verloren. Nachdem seine Frau gestorben sei, habe er deshalb testamentarisch festgelegt, dass seine Asche einst zwischen den Wurzeln der Eiche vergraben werden solle.»

«Wie alt ist dieser Mann?», fragt Pia.

«Alfred hat im Sommer seinen Neunzigsten gefeiert. Mit Sohn und Tochter und Enkelkindern. Sogar der Gemeindepräsident war dabei und hat ihm die Glückwünsche der Dörfler überbracht.»

«Und seine Frau?»

«Renate ist vor bald zehn Jahren an Krebs gestorben. Das war hart für ihn. Alfred hat mir einmal gesagt, er hoffe, vor ihr sterben zu können, weil eine Frau besser alleine zurechtkomme.»

Über Pias Gesicht fällt ein Schatten.

«Der arme Mann. Was wird sein, wenn wir beide einmal so alt sind? Wenn ich bis dahin immer noch Single bin, ist das kein Problem. Doch bei dir und Paul ... Was denkst du, wer wird zurückbleiben?»

Maja macht eine abwehrende Handbewegung.

«Darüber möchte ich jetzt wirklich nicht reden, Pia. Ich bin immer noch daran, den Tod von Alessia und Sarah zu verarbeiten. Und was Paul betrifft ... Es ist, als ob eine unsichtbare Wand zwischen uns stünde. Ich spüre ganz stark, dass er nicht mehr der ist, der mir einst nahe war.»

«Maja, es ist erst vier Jahre her seit dem Tod von Sarah und Alessia. Denkst du nicht, dass Paul sich verändert hat, weil er immer noch unter diesem schrecklichen Unglück leidet?»

«Ich weiss nicht, Pia, ich weiss es wirklich nicht. Wir haben lange zusammengehalten, und jeder hat versucht, den anderen nach Kräften zu unterstützen. Aber, ehrlich gesagt, wie sollen zwei vor Kummer und Leid am Boden liegende Menschen einander aufrichten? Das ist unmöglich. Weder Paul noch ich hatten genügend Kraft dazu. Durch den Tod von Alessia und meiner Schwester sind wir in ein so tiefes Loch gefallen, dass keiner den anderen noch sehen konnte. Ich habe mich in meinem Schmerz vergraben und Paul in seinem. Jeder Versuch zu reden, ist fehlgeschlagen. Paul fühlt sich schuldig, weil er den Wetterumsturz unterschätzt hat.»

Pia legt einen Arm um ihre Freundin: «Maja, ich muss dir etwas erzählen: Ein paar Tage nach der Beerdigung vor vier Jahren habe ich Paul auf dem Heimweg von der Arbeit getroffen. Ob er reden möchte, mit mir einen Kaffee trinken wolle, habe ich ihn gefragt. Das sei lieb von mir, aber er sei noch nicht soweit. Vielleicht ein anderes Mal. Dann ist er davongelaufen. Zwei Monate später hat er mich dann im Geschäft angesprochen. Jetzt wäre er bereit dazu.»

Maja fühlt sich hintergangen.

«Was, du hast dich mit Paul getroffen? Davon hat er mir nichts erzählt!»

«Er wollte nicht, dass du es erfährst, Maja. Warum, weiss ich auch nicht. Paul hat mir das Herz ausgeschüttet, hat geredet wie ein Wasserfall, mir seine Schuldgefühle, sein Versagen, den Schmerz über Alessias Tod, den deiner Schwester anvertraut ...»

Maja hätte am liebsten losgeheult.

«Du bist meine einzige richtige Freundin, Pia! Wie konntest du mich nur im Dunkeln lassen? Und Paul ...

Ihn kann ich erst recht nicht verstehen ... Ich bin doch seine Frau!»

Pia versucht, ihre Freundin zu beruhigen.

«Maja, es tut mir wirklich sehr leid. Ich habe nicht daran gedacht, dass das für dich so schlimm sein würde ... Ich denke, Paul wollte dich nicht mit seinen Schuldgefühlen belasten und hat mich deswegen gebeten, zu schweigen.»

Pia trinkt ihren Kaffee aus, steht auf, schliesst ihre Freundin in die Arme und flüstert ihr ins Ohr: «Alles wird gut, Maja! Alles wird gut!»

Maja begleitet sie zur Tür. Pia schlüpft in ihre Jacke und hüpft die Treppe hinunter zu ihrem Auto.

Bevor Maja die Tür schliesst, kommt sie noch einmal zurück: «Maja, nur kurz: Ich lege die Hand ins Feuer, dass Paul ein durch und durch anständiger Mann ist. Ganz im Gegensatz zu seinem Freund, diesem Pierre. Als Paul ihn mir damals vorstellte, hat er sofort versucht, mich zu einem Date zu überreden. Ich wundere mich, dass Paul immer noch mit ihm befreundet ist. Soviel ich weiss, ist Pierre bereits zum zweiten Mal geschieden ... Und vermutlich wird es nicht dabei bleiben. Er soll ein notorischer Frauenheld sein. Wie ich gehört habe, nimmt er es auch mit der Wahrheit nicht so genau.»

Maja: «Pierre tickt halt irgendwie anders als andere Männer. Er hätte die Möglichkeit gehabt, etwas aus seinem Leben zu machen. Stattdessen handelt er seit bald zwanzig Jahren mit Autos. Er ist ständig unterwegs und verkehrt mit Leuten, die, wie man hört, nicht ganz sauber sind. Würde mich nicht wundern, wenn er eines Tages hinter Gittern landet.»

Kaum ist Pia verschwunden, öffnet sich das Gartentor und Lucas, inzwischen acht Jahre alt, springt mit zwei Kameraden durch die Terassentür ins Wohnzimmer.

«Maamaa, wir haben Hunger!»

Maja schliesst ihren Sohn in die Arme, hebt ihn hoch und herzt ihn so lange, bis er ruft: «Lass mich los, Mama! Lass mich los!»

Maja stellt Lucas auf den Boden, geht in die Küche und kommt bald darauf mit einem Ess-Tablet zurück. Drei mit Sirup gefüllte Gläser und Schoggi-Weggli lassen die Augen der drei Buben erstrahlen.

Während sie etwas später die Kinder beim Spielen im Garten beobachtet, taucht plötzlich wieder die Szene mit dem Gewitter auf. Sie sieht das blendend helle Licht, hört den ungeheuren Knall des Donners und erlebt noch einmal, wie der Baum ihre Schwester und die Zwillinge unter sich begräbt. Der Schmerz ist so schlimm, als ob keine Zeit vergangen wäre.

«Mama! Warum weinst du?», dringt Lucas besorgte Stimme in ihren Kummer. Maja wischt sich die Tränen aus den Augen und versucht zu lächeln.

«Ach weisst du, Lucas, es ist wegen des Unglücks vor vier Jahren ... Da ist Sarah und Alessia, meine und deine Schwester, gestorben. Das tut immer noch so weh!»

«Aber Mama, die sind doch jetzt im Himmel, oder nicht? Haben du und Papa auf jeden Fall gesagt. Da ist es doch viel schöner als bei uns auf der Erde, und sie können uns zusehen, und sie haben nie Hunger und Durst und auch keine Schmerzen ...»

2. KAPITEL

PAULS ENTFÜHRUNG

Drei Tage nach dem Gespräch mit Arne steigt Paul nach Arbeitsschluss in den Lift. Im zweiten Stock hält er an, die Tür öffnet sich. Zwei Männer, ein Hagerer mit langen schwarzen Haaren und einer mit kahlrasiertem Kopf, steigen ein. Während der Aufzug sich in Bewegung setzt, spürt Paul plötzlich eine Hand an seinem Oberarm und gleichzeitig etwas Hartes an den Rippen.

«Ganz ruhig bleiben! Sie kommen mit uns!»

Die Tür öffnet sich, Paul läuft, von den beiden Männern eskortiert, dem Eingang zu. Eine Mitarbeiterin spricht ihn an: «Paul, ich habe ein Problem, könntest du kurz ...»

«Im Moment hat er keine Zeit!», fertigt sie der Kahlrasierte ab und lässt die Frau stehen.

Lächelnd zeigen die Männer beim Ausgang Pias Vater ihre Ausweise. Paul bemerkt auf den ersten Blick, dass sie nicht von der Firma stammen können. Er versucht, Horst mit den Augen ein Zeichen zu geben. Doch der schaut durch ihn hindurch und gibt den Ausgang frei.

«Horst, ich werde entführt!!!», schreit Paul.

Bevor der Security reagieren kann, greift die Hand des Kahlköpfigen unter sein Jackett. Ein Schuss kracht ... Horst fällt nach hinten ...

«NEIN!!!», brüllt Paul und versucht mit aller Kraft, sich zu befreien. Vergebens! Ein harter Schlag ins Genick, und es wird dunkel.

Was Paul sich nie abgewöhnen konnte, auch nicht, nachdem er Maja kennengelernt und sie ihn gebeten hatte, wenigstens vor den Kindern darauf zu verzichten, war das Fluchen, wenn etwas nicht so lief, wie er es wollte. Und so war das Erste, was Pauls Bewacher hörten, als er zu sich kam, ein Sammelsurium sämtlicher Flüche, die er im Verlaufe seines Lebens angehäuft hatte.

Grinsend erhob sich Gregor von seinem Stuhl, öffnete die Tür zum Nebenraum, wo Paul angekettet auf einer schmalen Pritsche lag, und fragte: «Etwas nicht in Ordnung, Herr Canvas?»

«Iar verdammta ...», begann Paul, verstummte aber schlagartig, als Gregor seine Pistole auf ihn richtete.

«Etwas bessere Manieren hätte ich ihnen schon zugetraut, Herr Canvas, oder sagen wir doch einfach Paul, nicht?»

«Ist mir scheissegal, wie du mich nennst. Ich will sofort wissen, was ihr mit mir vorhabt!»

«Das wirst du erfahren, sobald du dich beruhigt hast!», rief Fedor aus der Küche.

«Ok, ihr Scheisskerle, bindet mich wenigstens los. Ich muss dringend auf die Toilette.»

Paul wurden die Fesseln abgenommen. Gregor begleitete ihn mit der Waffe in der Hand aufs Klo. Enttäuscht stellte Paul fest, dass es in diesem Bau keine Fenster gab.

«Hast du dich jetzt beruhigt, Paul?», fragte Gregor.

«Wenn ja, und wenn du dich nicht wie ein Idiot benimmst, bekommst du einen Kaffee, und wir können dir erklären, was Sache ist. – Ok?»

Paul nickte und rieb sich die Handgelenke. Gregor holte einen Hocker unter dem Küchentisch hervor und wedelte mit der Pistole. Paul setzte sich folgsam. Doch kaum hatte er den ersten Schluck Kaffee getrunken, begann er wieder zu fluchen.

«Verfluchte, verdammte Scheisse! Was wollt ihr von mir? Ihr habt Horst erschossen! Das wird euch teuer zu stehen kommen. Glaubt ja nicht, dass ihr in der Schweiz machen könnt, was ihr wollt. Hier haben solche Typen wie ihr schlechte Karten!»

Grinsend schauten sich die beiden Russen an. Dann brachen sie in ein schallendes Gelächter aus.

Fedor legte seine grosse Pranke auf Pauls Schulter, schaute ihm tief in die Augen und knurrte: «Glaubst du wiirklich, in der Schweiiiz, giibt es keine Mafia? Da bist du gaaanz falsch getunt, Paul! Wir sind überall. Doch man sieht uns niicht, man hört uns niicht, und man kennt uns niicht. Wir machen, was wir wollen. Und du, du hast hier gar nichts zu sagen. Und weisst du auch warum? Weil wir unsere eigenen Gesetze und unsere Leute überall haben. In den Regierungen, in den Geschäften, in der Justiz ... Einfach überall! – Also, Paul! Willst du wissen, was wir mit dir vorhaben?»

Paul spürte, wie eine dunkle Wolke auf ihn zukam. Ihm fiel ein, was Pierre über seine Faszination einer Welt, in der es keine Gesetze gab, erzählt hatte.

«Kennt ihr Pierre Boner?», fragte er unvermittelt.

Weshalb sollten wir diesen Mann kennen?»

«Er ist mein Freund ... Und ziemlich sicher gehört er inzwischen auch zu euch ...»

Gregor griff stirnrunzelnd zum Handy ...

21

Paul hörte, wie er eine Frage stellte, kurz wartete und dann das Gespräch beendete.

Mit einer Kopfbewegung befahl er Fedor zu sich und flüsterte ihm etwas ins Ohr.

Nach einer Minute kam der Rückruf. Gregor hörte eine Sekunde zu und gab das Gespräch an Paul weiter.

«Paul, hier Pierre! Hör zu, du bist da in eine ziemliche Scheisse geraten, ich kann ein gutes Wort für dich einlegen, wenn ...»

«Pierre! Also doch, du gehörst auch zu dieser Bande. Das hast du ja schon immer gewollt. Und jetzt soll ich euer Spiel mitmachen, oder was?»

«Tut mir leid Paul, es ist nicht mein Spiel, und es sind auch nicht meine Regeln. So ist es nun einmal auf der anderen Seite. Da gibt es keine Möglichkeit, vor Gericht zu gehen, wenn du ungerecht behandelt wirst.»

«Und wenn ich mich weigere, mitzuspielen?»

«Als dein Freund rate ich dir dringend davon ab, Paul! Dringend, hörst du! Du hast keine Wahl!»

ARNE UND ILLONA

Arne sass, den Kopf in beide Hände gestützt, hinter seinem Schreibtisch. Paul war entführt und auf den diensthabenden Sicherheitsmann war geschossen worden. Die Polizei hatte das ganze Gelände abgeriegelt. Beamte liefen durch die Räume und untersuchten jeden Winkel der Firma. Die ganze Belegschaft musste sich überprüfen lassen. Ein heilloses Durcheinander. Und schon war auch die Presse da. Dann das Fernsehen. Und ständig klingelte das Handy.

Arne lief zum Fenster und beobachtete das Chaos vor dem Eingang, als plötzlich die Firmen-Inhaberin in der Tür stand.

«Arne, was zur Hölle geht hier ab? Wie konnte das passieren? Ich will sofort über jede Kleinigkeit informiert werden!»

Der CEO stand mit hängenden Armen vor seiner Chefin. Illonas war ausser sich vor Wut. Arne hätte sich nicht gewundert, wenn sie ihn, obwohl er sie um einen Kopf überragte, geohrfeigt hätte.

«Illona, ich wollte … Du weisst ja, dass jede Menge Hacker alles tun, um unsere Server zu entern. Wir werden ständig angegriffen. Und jetzt sind wir in einer sehr heiklen Phase mit unserer neuesten Erfindung. Ich muss jede Möglichkeit in Betracht ziehen …»

«Und was hat das mit dieser Entführung zu tun?»

Arne setzte sich in seinen Sessel. Illona stützte beide Arme auf den Schreibtisch und starrte ihm drohend in die kalten, grauen Augen.

«Das weiss ich nicht, Illona! Ich habe Herr Canvas nur informiert, dass womöglich jemand unsere Firma ausspioniert. Ich vermute, die Entführer hoffen, durch ihn etwas über unsere neuesten Forschungsergebnisse zu erfahren.»

«Was für Forschungsergebnisse?»

«Es geht um Kommunikationsnetzwerke im menschlichen Körper, sogenannte …»

«Kommunikationsnetzwerke?»

«Genau, Illona. Tausende Nanosensoren und Nanoaktuatoren, die auf molekularer oder elektromagnetischer Basis unter Verwendung von Transceivern aus neuartigen Nano …»

«Stopp! Stopp! Stopp! Das ist mir zu hoch! Frage: Wieso wurde ich nicht über diese Forschungen informiert?»

«Tut mir leid, Illona. Dein Mann hat mich vor seinem Tod beauftragt, die Bekanntgabe sämtlicher Forschungsergebnisse in der Firma nach eigenem Ermessen geheimzuhalten. Er wollte nicht, dass sie in falsche Hände geraten.»

Illona verwarf ärgerlich die Hände.

«Ich weiss, ich weiss! Kurt hat mir diesbezüglich nie vertraut. Also muss ich wohl oder übel damit leben.»

MAJAS ENTFÜHRUNG

Maja hatte in der Stadt zufällig Lisbeth, eine ehemalige Schulkollegin, getroffen. Seit bald einer Stunde sassen sie in einem Café an der Bahnhofstrasse, weil sie sich so viel zu erzählen hatten. Lisbeth hatte mehrere Jahre als Krankenschwester in Afrika gearbeitet und war in die Schweiz zurückgekehrt, weil ihr Vater krank geworden war und vermutlich nicht mehr lange zu leben hatte.

Maja schaute auf die Uhr.

«Oh, schon bald halb elf. Ich muss nach Hause. Um Elf kommt Lucas von der Schule. Er hat zwar einen Schlüssel, aber ich lasse ihn nicht gerne allein.»

Maja verabschiedete sich, stieg ins Auto, fuhr durch die Stadt und auf die Autobahn. Als sie die Ausfahrt Brunnen hinter sich hatte, hörte sie ihre Handy-Melodie. Eine Blick aufs Display zeigte eine unbekannte Nummer. Werbung, dachte sie und drückte den Anruf weg. Bei der Ausfahrt Tura Nord klingelte es wieder. Maja liess es läuten, fuhr durch den Kreisel und nahm die Ausfahrt ins Domleschg. Langsam fuhr sie durch die Dreissiger-Zone, dann die schmale Strasse hinauf und am Schloss des Gourmet-Königs vorbei. Als sie nach dem Bauernhof vor Valpra durch die engen Kurven ins Dorf hinauf fuhr, versperrte ihr ein Polizeiauto den Weg. Maja hielt an. Ein junger Polizist stieg aus und bedeutete ihr, das Seitenfenster zu öffnen.

«Oh nein! Kontrolle!», flüsterte Maja und griff ins Handschuhfach, um die Ausweispapiere hervorzuholen. Als sie sich wieder aufrichtete, hatte der Beamte die Tür geöffnet.

«Steigen sie aus, Frau Canvas!»

Widerstrebend stieg Maja aus dem Auto und streckte ihm den Führerschein entgegen. Sein Kollege, ein Mann mittleren Alters, fasste sie am Arm, und bevor Maja einen klaren Gedanken fassen konnte, wurden ihre Handgelenke von ein paar harten metallenen Fesseln umschlossen.

«Was macht ihr da?», schrie Maja entsetzt.

«Ich habe doch nichts verbrochen! Mein Bub kommt gleich von der Schule! Ich muss um elf zu Hause sein!»

«Sie sind festgenommen, Frau Canvas. Um ihr Kind kümmern wir uns noch. Los steigen sie ein!»

«Aber mein Auto?»

«Das erledigt ein Kollege.»

«Und was geschieht mit Lucas?», schrie Maja.

«Wir sorgen dafür, dass es ihm gut geht.»

«Ich will mit meinem Mann telefonieren! Sofort! Ihr könnt mich nicht ohne Grund mitnehmen!».

«Ohne Grund, Frau Canvas? Wir verhaften niemanden ohne Grund!»

«Scheisskerle!»

Maja hämmerte mit den gefesselten Händen auf die Kopfstütze des Fahrers.

«Wer seid ihr überhaupt? Ich werde euch anzeigen. Das hier hat ein Nachspiel!»

PIERRE UND ALFRED

Pierre war sofort klar, dass, wenn Paul entführt worden war, auch Maja und Lucas in Gefahr waren. Er musste Maja warnen. So schnell als möglich. Vielleicht war es noch nicht zu spät. Pierre wählte ihre Handy-Nummer. Maja drückte ihn weg, vermutlich weil sie seine neue Nummer nicht gespeichert hatte. Er versuchte es wieder und wieder. Vergebens!

Lucas war um diese Zeit noch in der Schule. Man würde ihn wahrscheinlich auf dem Heimweg abfangen. Das musste er unbedingt verhindern. Doch wie? Plötzlich fiel ihm der Nachbar ein. Alte Leute waren meist im Telefonbuch zu finden. Und tatsächlich, Alfred meldete sich.

«Hallo? Sie müssen laut reden, ich höre nicht gut!», rief er in die Leitung.

«Alfred, hier ist Pierre. Ich bin ein Freund von Paul und Maja. Bitte hören sie gut zu: Paul ist entführt worden und Maja wahrscheinlich auch. Vermutlich wird bald jemand auftauchen, der Lucas auf dem Heimweg von der Schule abfangen will. Bitte versuchen sie, das zu verhindern!»

«Mein Gott! Ich bin neunzig. Wie soll ich eine Kindesentführung verhindern? Rufen sie doch die Polizei!»

«Das kann ich nicht. Ich gehöre auch zu den Bösen.»

Pia sass völlig aufgelöst neben ihrem Vater in der Eingangshalle der Nanotech-Firma. Sie hatte einen Arm um seine Schultern gelegt und wollte nicht glauben, was geschehen war. Immer wieder trocknete sie mit einem Taschentuch die Tränen.

Horst versuchte, seine Tochter zu beruhigen.

«Pia, bitte! Es ist ja noch einmal alles gut gegangen. Ich bin unverletzt und …»

«Gut gegangen, sagst du dem? Paul ist entführt und auf dich ist geschossen worden. Da ist gar nichts gut gegangen, Papa. Ganz im Gegenteil! Was hat denn die Polizei gefragt, als sie dich vernommen hat?»

«Halt das, was die immer fragen in so einem Fall. Wie es genau abgelaufen ist, wie die Männer ausgesehen haben, wie sie gekleidet waren, wie sie gesprochen haben und so weiter.»

Eine junge Frau kam auf sie zu, zückte einen Ausweis und hielt ihn eine Sekunde lang vor Pias Gesicht.

«Capaul. Kriminalbeamtin. Sind sie die Tochter von Herrn Cerjac? Ich habe ein paar Fragen an sie.»

«Ja, natürlich, fragen sie. Ich bin allerdings erst dazu gekommen, als es schon passiert war. Ich arbeite auf der hinteren Seite des Gebäudes.»

Frau Capaul setzte sich neben Pia auf die Bank, nahm ihr Handy hervor und zeigte ein Foto.

«Das ist Paul!», rief Pia aufgeregt.

«Ja, genau. Das ist der Mann, der entführt wurde, Paul Canvas. Wie gut kennen sie ihn, Frau Cerjac?»

«Oh, sehr gut. Maja, seine Frau, ist meine Freundin, und Paul ist für mich so etwas wie ein Bruder.»

«Ein Bruder?»

«Ja, er hat Schweres durchgemacht. Er und Maja. Vor vier Jahren ist Alessia, ihre vierjährige Tochter, und Majas Schwester bei einem Unwetter ums Leben gekommen. Das haben sie immer noch nicht verkraftet. Besonders Paul. Noch vor zwei Tagen hat Maja geklagt, dass er sich so verändert habe, und sie sich den Kopf darüber zerbreche, was mit ihm los sei.»

«Horst war mit seinem Handy beschäftigt. Plötzlich murmelte er: «Ich muss auf die Toilette.»

«Ok, aber kommen sie bald wieder!»

Frau Capaul beobachtete, wie er durch die Halle lief, vor dem Eingang zu den Toiletten stehen blieb, sich umschaute und wartete. Ein hagerer Mann mit langen schwarzen Haaren betrat die Halle, lief auf Horst zu, fasste ihn am Arm und zog ihn zum Ausgang.

Frau Capaul stand auf.

«Da stimmt etwas nicht! Warten sie hier, Pia!»

Die Kriminalbeamtin lief auf den Eingang zu, zog ihre Pistole und schrie: «HÄNDE HOCH! AUF DEN BODEN!»

Die Leute in der Halle, sensibilisiert von dem, was vor ein paar Stunden erst geschehen war, reagierten sofort. Auch Horst liess sich, obwohl nicht er gemeint war, auf den Boden fallen und nahm gleich noch seinen Begleiter mit. Der Langhaarige war jedoch mit einem Satz wieder auf den Beinen und hielt plötzlich auch eine Waffe in der Hand.

Mara Capaul zielte und drückte ab. Zwei Schüsse, kurz hintereinander. Eine Kugel durchschlug den Oberarm des Langhaarigen. Die andere prallte an einer Eisenplastik eines einheimischen Künstlers ab und sirrte als

Querschläger durch die Halle. Der Mann liess die Waffe fallen und rannte durch den Firmenausgang ins Freie.

«Papaaa!», schrie Pia und rannte zu ihrem Vater.

Frau Capaul sprintete dem Flüchtenden hinterher. Doch sie kam zu spät. Mit aufheulendem Motor und quietschenden Reifen fuhr ein schwarzer Audi vom Firmengelände auf die Hauptstrasse und raste in Richtung Autobahn davon.

Horst sass wieder auf der Bank. Zwischen seiner Tochter und der Kriminalbeamtin.

«Herr Cerjac, das war knapp. Es hat so ausgesehen, als ob sie den Mann gekannt haben …»

«Nein, habe ich nicht.»

«Weshalb sind sie denn mit ihm mitgegangen?»

Horst schaute abwesend vor sich hin.

«Er war bewaffnet …»

PIA UND ARNE

Pia ist endlos erleichtert, als sie an diesem verrückten Tag endlich im Bett liegt.

Mit einem tiefen Seufzer legt sie das Buch *Schatten der Vergangenheit*, in dem sie beinahe eine Stunde gelesen hat, beiseite. Eine paar Minuten beschäftigt sie sich noch mit dem Inhalt des Buches: Lara und Jonas, die sich im Kindergarten ineinander verlieben; Nico, der um Lara bis ins Erwachsenenalter kämpft; Sojas tragische Liebe zu Tom, ihrem Chef; das plötzliche Verschwinden ihres Vaters, eines langjährigen Lehrers im Bergdorf Präz, der, wie sich gegen Ende des Buches herausstellt, nicht der ist, als der er sich ausgibt.

Pia fragt sich, weshalb sie von diesem Heinzenberger Autor noch nie etwas gehört hat. Vielleicht liegt es ihm ja einfach nicht, mit Lesungen und Auftritten in der Presse für sich Werbung zu machen, denkt Pia, löscht das Licht und kuschelt sich in Schlafposition.

Kaum ist sie eingenickt, vibriert ihr auf lautlos gestelltes Handy. Da es direkt auf der harten Nachttischplatte liegt, ist der Lärm einfach grauenhaft.

«Och, nein!»

Verärgert greift sie nach dem Störenfried. Der Impuls, das Gerät auszuschalten, verschwindet in dem Moment, als sie auf dem Disply den Namen des Anrufers sieht.

«Arne!»

«Hallo Pia! Hast du schon geschlafen?»

«Arne, es ist bald Mitternacht. Um diese Zeit schlafen normal arbeitende Menschen in der Regel, oder?»

«Tut mir leid, Pia! Aber erstens bist du kein ganz normal arbeitender Mensch und zweitens steht in deinem Arbeitsvertrag ...»

«Schon gut, Arne. Ich weiss Bescheid. Es gibt da diese Klausel wegen meiner Sicherheitsstufe ... Aber nur in einem Notfall, Arne! Nur in einem Notfall!»

Plötzlich ist Pia hellwach. Ein Schaudern läuft über ihren Körper. Natürlich! Pauls Entführung, der Versuch, ihren Vater umzubringen! Wie hat sie das nur vergessen können!

«Es ist ein Notfall!», stöhnt sie

«Ja, Pia, es ist ein Notfall. Es geht nicht nur um die Entführung von Paul und den Versuch, deinen Vater zum Schweigen zu bringen. Dahinter steckt mehr, aber das muss ich dir, als Projektleiterin mit der höchsten Sicherheitsstufe, wohl nicht erklären, oder?»

«Arne, du machst mir Angst!»

«Kann ich verstehen, Pia. Es ist dein Verdienst, dein Baby, das jetzt in Gefahr ist, wenn Paul redet ...»

«Und? Was willst du dagegen unternehmen?»

«Vielleicht könnten wir mit unserem Nano-Chip einen Versuch starten ...»

«Aaarnee! Der ist noch nicht ausgereift! Noch ist niemanden damit getestet worden!»

«Stimmt nicht ganz, Pia ... Stimmt nicht ganz ... Ein Testobjekt ist bereits unterwegs ...»

«Mein Gott, Arne! Du hast Paul den Chip mit einem verdeckten Bluttest injiziert! Ohne mich zu informieren! Das ist unglaublich! Absolut kriminell!»

«Paul weiss nicht, was er in sich trägt. Er wird denken, dass seine Entführer in zwingen wollen, sein Wissen preiszugeben. So wie ich ihn kenne, wird er allerdings nicht damit herausrücken. Ausser vielleicht, wenn seine Familie in Gefahr sein sollte.»

«Arne, mir wird das alles zuviel!», schreit Pia.

«Was du mit Paul gemacht hast, ist einfach nicht zu glauben! Was, wenn Maja und Lucas benutzt werden, um ihn zum Reden zu bringen? Wenn man sie auch entführt? Maja ist meine Freundin und Lucas ein achtjähriges Kind! Was soll diese ganze Scheisse? In was sind wir da hineingeraten, Arne? Was sind das für Leute, die sowas tun?»

MAJA IN GEFAHR

Die beiden Polizeibeamten fuhren mit Maja auf dem Rücksitz durch Fürstenau, bogen vor St. Agatha rechts ab und fuhren auf die Autobahn Richtung Chur.

«Wo bringt ihr mich hin? Und wo ist Lucas? Ich bestehe darauf, dass ich mit meinem Mann telefonieren kann! Gebt mir sofort mein Handy zurück!»

Der Beifahrer zog Majas Handy aus der Brusttasche und reichte es ihr nach hinten.

«So geht das nicht. Ihr müsst mir die Handschellen abnehmen! Ist das überhaupt legal, eine unschuldige Frau so zu behandeln?»

Die beiden Männer lachten.

«Zudem habt ihr mich nicht über meine Rechte aufgeklärt! Das hättet ihr doch tun müssen, oder nicht?»

Die Polizisten schwiegen.

Dann der Fahrer: «Rechte? Im Moment haben sie überhaupt keine Rechte, Frau Canvas!»

Wieder schallendes Gelächter.

Ganz langsam drang ein Gedanke in Majas Bewusstsein, den sie, weil einfach zu grotesk, erst gar nicht wahrnehmen wollte. Doch er kam wieder und wieder. So lange, bis sie begriff, dass mit den beiden etwas nicht stimmen konnte.

«Ich muss auf die Toilette, dringend!», rief sie in einem plötzlichen Einfall.

«Sie muss auf die Toilette, hast du gehört, Ivo. Maja muss auf die Toilette!», rief der Fahrer lachend.

«Ok, ihr seid gar keine echten Polizisten, oder?»

Ivo drehte hämisch grinsend den Kopf nach hinten.

Maja hielt ihr Handy zwischen den gefesselten Händen und schlug mit aller Kraft zu.

«Verdammtes Luder! Das wirst du noch bereuen!», schrie Ivo und hielt sich die Nase.

«Wir sind gleich am Ziel, Ivo. Dann hast du alle Zeit der Welt, dich zu rächen», beruhigte ihn Rocco.

Während Ivo sich um seine Nase kümmerte, überlegte Maja fieberhaft, wie sie sich befreien könnte.

Rocco nahm kurz darauf die Ausfahrt nach Domat/ Ems, bog nach links zur Hauptstrasse ab, dann nach rechts. Er fuhr über den Bahnhof Reichenau, die Rheinbrücke und am Tscharner-Haus vorbei Richtung Bonaduz. Ein paar Meter nach der RhB-Überführung bog er scharf links ab und fuhr langsam über die schmale Strasse und dann dem Rhein entlang bis zum sandigen Natur-Parkplatz.

Maja kannte die Gegend und wusste, dass sich weiter hinten die Wohnmobile der Fahrenden befanden, doch von denen war kaum Hilfe zu erwarten.

Ausser einem dunkelgrauen Range Rover war der Parkplatz leer. Rocco parkte mit ein paar Metern Abstand. Die Tür des Rovers wurde aufgestossen. Zwei Männer stiegen aus. Ein Glatzkopf in schwarzem Hemd und ein Hagerer mit langen schwarzen Haaren, der, damit die Schussverletzung am Arm nicht zu sehen war, die Jacke locker über den Schultern trug.

«Zwei Kollegen von der Polizei in zivil, Maja. Sie sind extra deinetwegen hergefahren. Du kannst uns also voll vertrauen.»

Rocco öffnete die Tür, stieg aus und lief zu den wartenden Männern. Ivo, das Taschentuch auf die blutende Nase gepresst, folgte ihm.

Maja beobachtete, wie sich die vier *Kollegen* unterhielten.

Nach etwa zehn Minuten kam Rocco zurück, riss die Tür auf, fasste Maja am Arm und zog sie ins Freie. Maja wehrt sich nach Kräften und schrie um Hilfe. Rocco hielt ihr die Hand über Mund und Nase und schleifte sie zum

Rover. Der Glatzkopf kam ihm mit einem Wattebausch in der Hand zu Hilfe.

Maja wurde der Länge nach auf den Rücksitz gelegt und die Handschellen am Türgriff befestigt.

PIERRE

Pierre war an einem Wendepunkt angelangt. Er musste sich entscheiden. Für oder gegen die Organisation, für oder gegen die Vernunft. Seine Überlebenschancen standen nicht gut. Zu Ende sein Traum vom grossen Geld in der dunklen Welt. All das, was er in den letzten Jahren erreicht hatte, stand nun wegen seiner Freundschaft zu Paul und Maja auf dem Spiel.

Pierre kontrollierte das Magazin seiner SIG Sauer, füllte ein zweites Magazin und steckte es in die Innentasche seiner Lederjacke. Er verliess sein Haus am Hang über der Stadt, öffnete die Garage und betrachtete liebevoll sein Motorrad, das er schon länger nicht benutzt hatte.

Auf dem Vorplatz stand sein ganzer Stolz: Ein roter Rangerover Sport mit über fünfhundert PS. Vielleicht ist es unsere letzte Fahrt, dachte er etwas wehmütig, lief um das Auto herum und strich zärtlich mit der Hand über die Kurven der Karosserie. Dann ging er in die Hocke und betrachtete wohlgefällig die breiten Reifen mit den glänzenden Felgen. Aus einem plötzlichen Einfall heraus suchte er mit der Handylampe den Wagenboden ab und erschrak, als er ein mit schwarzen Klebebändern befestigtes Paket entdeckte, von dem aus Drähte zur Fahrertür führten.

«Ihr wollt mich also loswerden, weil meine Freunde nicht eure Freunde sind! Das wird euch noch leidtun!», knurrte Pierre. Nach zwanzig Minuten fuhr er in Ledermontur und Helm auf seiner Suzuki GSX-1000 hinunter in die Stadt und von dort auf die Autobahn.

LUCAS, ALFRED UND DIE ZÜRCHERS

Lucas trödelte nach Schulschluss mit zwei Kollegen den Weg hinauf zur Dorfstrasse. Nachdem sie die überquert hatten, trennten sich ihre Wege. Lucas lief allein weiter. Weil es vor Schulschluss noch geregnet hatte, krochen mehrere Häuserschnecken über den nassen Asphalt. Lucas hockte sich nieder, nahm eine in die Hand, stieg mit ihr über den Zaun, trug sie ein Stück in die Wiese hinein und setzte sie vorsichtig ins Gras. Die Schnecke zog erschreckt ihre Fühler ein. Lucas legte sich auf den Bauch und beschloss, solange zu warten, bis sie ihre Teleskope wieder ausfahren würde.

Plötzlich hörte er eine Stimme.

«Lucas! Lucas! Ich bin es, Alfred!»

Lucas drehte sich auf den Rücken. Am Zaun stand, mit von der Sonne beschienen langen weissen Haaren, Alfred, der Nachbar. Der alte Mann, der sich unter dem Baum, der seine Schwester und Tante Sarah in den Himmel befördert hatte, begraben lassen wollte.

«Bleib liegen, Lucas. Ein Mann und eine Frau warten vor dem Haus. Ich habe kein gutes Gefühl … Die führen etwas im Schilde.»

«Echt, Alfred? Denkst du, es sind Einbrecher oder sowas?»

«Ganz genau, Lucas. Ich vermute, das sind keine guten Leute. Räuber, Kriminelle. Würde mich nicht wundern, wenn ... Achtung, sie kommen! Schnell, kriech hinter den grossen Stein dort!»

Lucas robbte zum Findling, der nach der Eiszeit ein paar Meter entfernt in der Wiese liegen geblieben war. Alfred spazierte, auf seinen Stock gestützt, gemächlich die Strasse hinauf und blieb ab und zu stehen, um Luft zu holen ... Als er sich seinem Haus näherte, kamen die beiden Fremden auf ihn zu.

«Hallo, schönes Wetter heute», grüsste Alfred und fügte gleich noch hinzu: «Zu schade, dass meine Nachbarn nicht zu Hause sind, ich wollte sie fragen, ob wir heute Abend zusammen grillieren.»

«Ah ja, das Wetter würde passen», lächelte die sportliche junge Frau. «Und grillieren ist immer schön. Werden wir auch heute Abend, nicht Schatz?»

Alfred betrachtete ihren um viele Jahre älteren *Schatz* und fand, dass die Beiden mit Sicherheit kein Ehepaar waren, vermutlich nicht einmal eine Beziehung hatten.

Mit krächzender Stimme fragte er: «Sind sie Bekannte der Canvas?»

«Ja, wir haben uns vor fünf Jahren in den Ferien kennengelernt, den Paul, die Maja und den Lucas. Sehr nette Leute. Und da wir gerade auf dem Weg ins Tessin sind, haben wir gedacht, wir kommen zufällig auf einen Sprung vorbei ...»

Jetzt war alles klar. Das Pärchen hatte nichts Gutes im Sinn. Vor fünf Jahren hatte Alessia noch gelebt. Das hätte die Frau mit Sicherheit nicht vergessen.

«Ist der Lucas noch in der Schule?», fragte die Frau in einem Ton, der wie ein Befehl klang.

36

«Nein, der ist heute bei seiner Tante am Heinzenberg. Sehen sie, gerade dort oben, in dem kleinen Dorf mit dem grossen weissen Haus.»

Die Frau und ihr Schatz drehten sich um, suchten den sanft hin sich lehnenden Berg ab und wurden fündig.

«Ah, ja. Muss schön sein dort oben. Schade, wir hätten ihn und seine Eltern gern wiedergesehen.»

«Ja, wirklich schade. Soll ich ihnen einen Gruss ausrichten? Wie ist ihr werter Name?», smilte Alfred.

Die Frau blickte schnell ihren Mann an und antwortet: «Zürcher, Alex und Irene Zürcher.»

«Dann also auf Wiedersehen Frau und Herr Zürcher. Eine gute Reise. Und fahren sie vorsichtig. Würde mich freuen, wieder einmal von ihnen zu hören.»

ILLONA UND ARNE

Illona hatte sich seitlich auf Arnes Schreibtisch gesetzt, so dass sie ihm aus nächster Nähe in die Augen schauen konnte.

«Raus mit der Sprache, Arne! Ich will alles wissen! Was hat das auf sich mit dieser Nano-Kommunikation?»

Arne zog ein Taschentuch hervor und wischte sich den Schweiss von der Stirn. Seine grauen Auge flohen vor Illonas forderndem Blick wie ein Kaninchen vor der Schlange, wurden jedoch wieder hart und kalt, als er zu erzählen begann.

Illona hörte zu. Ihre Augen wurden dunkler und dunkler. Sie stand auf, lief um den Schreibtisch herum, trat ans Fenster und schaute auf das Geschehen vor dem Haupteingang hinunter …

«Dass die Leute, die Herr Canvas entführt haben, an unsere Kommunikations-Technik gelangen könnten, beschäftigt mich weniger als die Tatsache, dass wir Paul vor zwei Monaten einer Behandlung unterzogen haben, einem ersten Test ...», murmelte Arne.

«Wie? Einem Test?», fragte Illona misstrauisch.

«Ja, einem Test. Das Nano-Kommunikationsnetz, das sich in seinem Körper und insbesondere im Gehirn befindet, ermöglicht eine Echtzeitüberwachung der Neurotransmitter, die für die Übertragung von Informationen im Nervensystem zuständig sind. Unter anderem können dadurch Reize wie Lust, Vergnügen, Sucht, Schmerz und Emotionen hervorgerufen und gesteuert werden ...»

Illonas Gesicht drückte Entsetzen aus.

«Ums Himmels willen! Das ist ja ungeheuerlich! Wie war es denn überhaupt möglich, Herr Canvas ohne sein Wissen diese Technologie zu verabreichen?»

Arnes Gesicht zeigte den Anflug eines Lächelns. Dasselbe Lächeln, das Paul vor Kurzem als wenig vertrauenswürdig eingeschätzt hatte.

«Wir haben ihn einen Finger in ein Gerät halten lassen, das, wie er dachte, seine Blutwerte messen sollte. Den Stich, den er spürte, war eine Injektion.»

Illona war sprachlos. Arne war eindeutig zu weit gegangen. Viel zu weit. Eigentlich hätte sie ihn feuern müssen. Doch da war der Verwaltungsrat, der auch ein Wörtchen mitzureden hatte. Zudem, wer hätte Arne ersetzen können? Er hielt seit Jahren die Fäden aller Firmenbereiche in der Hand. Und nicht nur das. Er hatte ein internationales Beziehungsnetz aufgebaut, sprach nicht von Kunden, sondern von Freunden. Und so wurde er auch behandelt. Und die Firma profitierte davon.

Illonas Mann Kurt war vor zehn Jahren gestorben. Thomas, ihr einziger Sohn, den er gerne als Nachfolger aufgebaut hätte, war nach Kanada ausgewandert, hatte geheiratet und war glücklich. Wie sollte sie ihm das verübeln?

Illona blickte schweigend durchs Fenster auf die Berge gegenüber.

«Arne, es fällt mir schwer zu glauben, dass es Leute gibt, die uns übel wollen. Ich hoffe nur, dass du weisst, was du tust. Ich möchte nicht, dass unserer Technologie wegen Leute zu Schaden kommen ...»

JURI UND MAIKE

Zürcher war natürlich nicht ihr richtiger Name. Der Mann, der am Steuer sass und statt ins Tessin auf der Suche nach einem achtjährigen Buben den Heinzenberg hinauf fuhr, fand, dass die Frau, die neben ihm sass, keine Namen hätte nennen sollen.

«Das war eine Schnapsidee, Maike!», meinte er und nahm die enge Kurve etwas zu schnell. Er schaltete einen Gang zurück und trat dann so heftig aufs Gas, dass der protzige BMW wie ein Geschoss davonflog.

«Und du zeigst mir gerade, dass du keine Ahnung hast, wie man eine kurvenreiche Bergstrecke fährt!», gab Maike spöttisch zurück.

«Iiich kann fahren, Maike! Pass auf!»

Juri drückte noch stärker aufs Gas. Die Kurven wurden enger. In der nächsten Biegung kam ihnen ein Gefährt entgegen, das die Einheimischen auch *Alpaflugzüg* nennen. Ein uralter Aebi mit Ladewagen. Der Fahrer, ein braungebrannter, ausgemergelter Bauer mit grauem Vollbart, hielt eine Pfeife zwischen den Zähnen.

Juri stieg auf die Bremse, der Bauer auch. Juri riss das Steuer nach rechts, der Bauer ebenso. Der Aebi kollidierte mit dem Wiesenbord und kippte gegen die Strassenmitte. Juri drehte, um einen Zusammenstoss zu vermeiden, das Steuer noch ein wenig weiter nach rechts. Was ein Fehler war. Da er zu spät den Fuss vom Gaspedal nahm, schoss der BMW über die Strasse hinaus, flog ein paar Meter durch die Luft, prallte hart auf, überschlug sich, schlug wieder auf und rollte dann den Hang hinunter, bis er auf dem Dach liegend in einem Acker zum Stillstand kam.

Juri sagte nichts mehr. Auch als die Polizei und der Krankenwagen eintrafen nicht. Maike wurde auf eine Bahre geschnallt und mit Blaulicht ins Spital gefahren.

Juri kam in die Leichenhalle, wo er regungslos, von einem weissen Tuch bedeckt, liegen blieb.

3. KAPITEL

ROBERT

Ende Juli. Robert sitzt auf der Terrasse vor seinem grossen Haus in einem kleinen Dorf am Heinzenberg. Die Sonne ist eben untergegangen. Der Schatten an den gegenüberliegenden Bergen steigt höher und höher.

Eine junge Frau bringt etwas zu trinken. Sie stellt das Getränk auf den ovalen Glastisch und verschwindet wieder im Haus.

Robert scheint das attraktive Wesen gar nicht wahrgenommen zu haben. Er ergreift das Glas, trinkt einen Schluck und schaut hinunter ins Tal. Sein Blick gleitet von der Schlucht, die das Tal im Süden abschliesst, nach rechts über die Bergkette im Westen, bis er bewundernd an der höchsten Erhebung, dem Piz Beverin, hängen bleibt.

Robert könnte mit seinem Leben zufrieden sein. Ist er aber im Moment nicht. Und zwar deshalb, weil es immer wieder Vorkommnisse gibt, die seine Pläne stören.

Vor einer Stunde hat ihn eine Nachricht erreicht, die ihm gar nicht gefällt. Ein Projekt droht zu scheitern. Der Auftraggeber: Eine internationale Allianz, von der er nicht einmal den Namen kennt.

Der Auftrag ist heikel, aber lukrativ: Ausspionieren und Beschaffen von Informationen der neuesten Erfindung einer Hi-Tech-Firma in Stadtnähe.

Roberts Leute haben einen Mann gekidnappt, der die nötigen Informationen haben sollte, um dem Geheimnis auf die Spur zu kommen. Um ihn zum Reden zu bringen, soll auch seine Frau und der achtjähriger Sohn entführt werden. Robert ist überzeugt, dass für das Leben seiner Familie jeder Mann jedes Geheimnis preisgeben wird.

Doch es hat Probleme gegeben. Zwei seiner Leute, die das Kind entführen sollten, sind verunfallt. Der Mann ist tot, die Frau liegt schwer verletzt im Krankenhaus. Robert befürchtet, dass sie das Projekt gefährden könnte, falls sie bei der Polizei aussagt ... Er greift zum Handy und erklärt dem Mann, der für ihn seit Jahren zuverlässig Probleme aus dem Weg räumt, wo Maike zu finden ist.

MAIKE UND DER KILLER

«Wie war noch ihr Name?», fragte Frau Tschupp am Spital-Empfang in Tusis den älteren Mann, der sich nach dem Befinden einer kürzlich verunfallten jungen Frau erkundigte.

«Meier. Meine Tochter ist vor ein paar Tagen mit ihrem Partner verunglückt und soll hier auf der Intensivstation liegen. Ich würde sie gerne besuchen.»

«Diese Frau ist ihre Tochter? Soviel ich weiss, konnte ihre Identität noch nicht festgestellt werden!»

«Ich bin ganz sicher, dass es meine Tochter ist», jammerte der ärmlich gekleidete Mann.

«Ok, warten sie einen Moment.»

Frau Tschupp wählte eine Nummer. Nach ein paar Minuten öffnete sich der Lift, ein junger Arzt erschien.

«Eugster, ich bin der behandelnde Neurologe ... Sie sind der Vater dieser Frau? Bitte kommen sie mit.»

Der Arzt steigt mit dem alten Mann in den Aufzug, fährt in den zweiten Stock hinauf und läuft mit ihm den langen Gang entlang bis zur Tür mit der Aufschrift *Intensivstation*.

«Es tut mir leid, aber ihre Tochter ist eben erst aus dem Koma aufgewacht. So wie es aussieht, kann sie sich an nichts mehr erinnern. Amnesie durch irreparable Gehirnschädigung», erklärt der Neurologe.

«Und es besteht keine Hoffnung auf …», stammelt *Mirkas Vater* verwirrt.

«Nein, wenn nicht ein Wunder geschieht … Und das passiert leider selten. Bitte bleiben sie nicht länger als zehn Minuten!»

Mirka hört im Halbschlaf, wie die Tür geöffnet wird, dann Stimmen und Worte … *Irreparable Gehirnschädigung, Amnesie … Keine Hoffnung* …

Sie öffnet die Augen einen Spalt, erkennt eine Gestalt in Weiss und einen älteren Mann … Plötzlich wird ihr kalt, als ob sie in einem Eisbett läge. Eine Szene taucht in ihrem Inneren auf. Sie sieht, wie dieser Mann in einem Keller einen Verräter foltert. Sie und der tödlich verunfallte Juri werden gezwungen, dem schrecklichen Szenario beizuwohnen, damit sie nicht vergessen, was ihnen blüht, wenn sie reden.

Der unscheinbare Alte ist Marton, Roberts Aufräumer. Der Mann, der für ihn Probleme beseitigt.

Mirka hält die Augen geschlossen.

«So, so … Irreparable Amnesie … Das wollen wir doch mal testen!»

Der Killer fasst Mirka grob am Arm.

«Aufwachen!»

Mirka öffnet die Augen, greift nach seiner Hand auf ihrem Arm … Martons Blick sagt ihr, dass er gekommen ist, um sie zu töten. Amnesie hin oder her. Das Risiko für Robert wäre einfach zu gross.

Dann läuft etwas ab, das ausserhalb Mirkas bewussten Kontrolle liegt. Mit einem plötzlichen Ruck zieht sie Marton an sich, schlingt einen Arm um sein Genick, drückt den anderen gegen seine Kehle und verschränkt die Hand in der Ellenbogenbeuge, was die Hebelwirkung noch verstärkt. Verzweifelt versucht Marton sich aus dem Würgegriff zu befreien … Vergebens! Ein grausliches Knacken, ein letztes Röcheln … Des Killers Leben ist zu Ende.

Als die Krankenschwester auftaucht und den alten Mann am Boden liegen sieht, ruft sie sofort um Hilfe. Kurze Zeit später stürzt ein Arzt ins Zimmer.

«Der arme Mann!», jammert die Pflegerin erschüttert.

«Seine Tochter so hilflos zu sehen, das war wohl zu viel für sein altes Herz!»

Der Arzt untersucht den Toten. Unter der linken Schulter trägt er ein ledernes Holster mit einer Pistole. In der rechten Innentasche befindet sich ein aufschraubbarer Schalldämpfer.

«Seltsam! Ein Vater besucht bewaffnet seine verunfallte Tochter … Das muss gemeldet werden!»

Nach einer halben Stunde betritt Inspektor Peter Klaus mit seiner Assistentin Mara Capaul Mirkas Zimmer. Fotos werden gemacht, die Stellung des Toten markiert, Fingerabdrücke gesucht …

Mirka liegt mit geschlossenen Augen im Bett. Auf die Fragen des Inspektors antwortet sie nicht. Geistesabwesend lässt sie ihre Augen durchs Zimmer schweifen …

Marton, der – wie Mirka und Juri – keinen Ausweis auf sich trägt, wird auf eine Bahre gelegt und kommt zur Abklärung in die Rechtsmedizin. Todesursache: Ersticken durch Kehlkopfzertrümmerung.

GREGOR UND FEDOR

Gregors Handy läutet. Er legt das angebissene Schinkenbrot auf den Küchentisch und meldet sich.

«Ja, Gregor. Oh, hallo Robert. Das Kind? Nein, habe nichts gehört. Paul? Den haben wir wieder fesseln müssen. Der Typ ist nicht ganz dicht, Robert. Er hat uns gedroht, dass wir in der Schweiz nicht machen können, was wir wollen und hat mir das Handy an den Kopf gehauen. Fedor hat ihn dann *beruhigt*.

Wie? Wir dürfen ihm nicht mehr auf den Kopf schlagen, weil dort … Ok! Alles klar! Seine Frau? Nein, das weiss er noch nicht. Ich sag ihm, dass wir beide haben. Er wird durchdrehen, Chef. Übrigens, was für ein Geheimnis soll er uns verraten? Nano-Technologie? Ist kompliziert? Er muss mit uns kooperieren? Alles klar! Bis später …»

Paul liegt angekettet auf der schmalen Liege. Als Gregor und Fedor auftauchen, empfängt er sie mit der Drohung, dass bald die Polizei vor der Tür stehen werde.

«Aber Paul, hab iich dir doch gesagt. Die Polizei macht, was wir wollen, mindestens die, die von uns bezahlt werden. Übrigens … Wir haben deine Frau und auch deinen Sohn … Was sagst du dazu?»

Wie erwartet, beginnt Paul zu toben wie ein Irrer. Er flucht, schreit, droht und zerrt an seinen Fesseln, bis sie sich rot färben.

«Paul, wenn du deine Familie wieder sehen willst, musst du mit uns zusammenarbeiten!»

«Zusammenarbeiten? Weshalb sollte ich mit euch zusammenarbeiten, ihr Halunken?»

«Robert sagt, du weisst etwas über Nanotech, das er haben muss. Etwas, das sehr wertvoll ist. Er sagt, es ist in deinem Kopf, deshalb dürfen wir dir nicht mehr drauf schlagen. Aber wir haben noch andere Tricks, Paul. Wir können dir die Finger abhacken, die Zehennägel ausreissen, die Ohren abschneiden ... Aber all das werden wir nicht tun. Und weisst du auch warum? Weil wir deine Frau haben. Was wir mit ihr machen werden, kannst du dir sicher vorstellen. Du und dein Kind werden sie schreien hören ... Willst du das wirklich, Paul?»

Paul wird bleich.

«Ich will sie sehen, sofort!», schreit er.

«Ok, das kannst du. Aber nicht jetzt.»

Paul brüllt ein paar seiner kräftigsten Flüche in den Raum, verstummt jedoch plötzlich, als ob ein Schalter gekippt worden wäre. Zusammengekrümmt liegt er auf der schmalen Pritsche. Ab und zu bricht ein abgrundtiefes Stöhnen aus ihm heraus, was Gregor und Fedor enorm verunsichert. Als er dann auch noch zu weinen beginnt, verlassen die beiden Russen fluchtartig den Raum und schliessen die Tür.

PIERRE

Pierre bremst auf hundert Stundenkilometer ab, fährt auf die Hauptstrasse und nimmt die Ausfahrt Bonaduz. Bei der nächsten Abbiegung blinkt er rechts, fährt bis zur Bahnüberführung und dann nach rechts über die Nebenstrasse dem Rhein entlang, bis er den Naturparkplatz sieht.

Zwei Fahrzeuge stehen dort. Ein schwarzer Rover und ein Polizeiauto. Pierre parkt sein Motorrad in sicherer Entfernung hinter einem Baum. Ein kahl geschorener Mann in weissem Hemd und ein Hagerer mit langen schwarzen Haaren, der die Jacke locker über den Schultern trägt, unterhalten sich mit einem Polizisten.

Plötzlich hört er einen verzweifelten Hilfeschrei! – Maja!

Die Männer rennen zum Rover ...

Da Majas Leben nicht in unmittelbarer Gefahr zu sein scheint, hält Pierre sich zurück. Mit der Waffe in der Hand loszurennen, hätte ihm wahrscheinlich das Leben gekostet und Maja auch nicht gerettet.

«Verdammte Scheisse, Ivo! Konntest du das nicht auf später aufschieben! Jetzt aber los, bevor noch jemand aufmerksam wird!», schimpft Rocco.

Die Männer springen ins Auto. Der Rover rast an Pierre vorbei, gefolgt vom Polizeiwagen.

«Sieh mal an, wen haben wir denn da?», raunt Pierre vor sich hin. Zwei Kantonspolizisten auf Roberts Lohnliste! Na ja, wenn's weiter nichts ist als eine kleine Entführung ...»

PAUL

Paul lag still auf seiner Pritsche. Er wunderte sich, dass er im Moment alles so gelassen nahm. Als er erfahren hatte, dass Maja und Lucas entführt worden waren, hatte das eine ohnmächtige Wut in ihm ausgelöst. Doch dann war sie plötzlich verschwunden. Der Hass, die Aggressionen, die Sorge um seine Familie ... Alles weg ... Seitdem arbeiteten seine Hirnzellen auf Hochtouren. Schritt für Schritt checkte er immer wieder, was vor der Entführung geschehen war. Angefangen beim Gespräch mit Arne bis zum Aufwachen auf der Pritsche, auf der er durch eine Kette am Handgelenk gefesselt lag. So oft er das Ganze auch durchging, immer wieder blieb er bei Arnes Bemerkung hängen, dass er als Einziger informiert werde, weil er die Steuerung des Nanochips entwickelt habe.

Was die Entführer von ihm wissen wollten, konnte er sich ungefähr vorstellen. Wenn Maja und Lucas in Gefahr waren, würde er ihnen natürlich von seinen Forschungen erzählen. Obwohl er sich fragte, was sie mit diesen Puzzleteilen anfangen wollten.

Durch die geschlossene Tür hörte er die Stimmen seiner Bewacher. Es wurde telefoniert. Nach ein paar Minuten öffnete sich die Tür. Gregor und Fedor erschienen und bauten sich grinsend vor Paul auf.

«Deine Frau wird bald hier sein, aber du darfst sie erst sehen, wenn du dich bereit erklärst, uns zu erzählen, was in deinem Kopf gespeichert ist.»

«Was in meinem Kopf gespeichert ist, versteht ihr Idioten sowieso nicht. Dazu müsstet ihr schon einen Experten haben, der sich auf diesem Gebiet auskennt. Wenn ihr Maja und Lucas frei lasst, bin ich bereit, mit euch zusammenzuarbeiten, soweit es mir möglich ist.»

Gregor und Fedor hatten aufgehört zu grinsen. Das Wort Idioten machte ihnen zu schaffen. Wenn sie nicht den Befehl erhalten hätten, Paul zu schonen, hätten sie ihm noch so gerne demonstriert, auf welchem Gebiet sie keine Idioten waren.

«Du hast Glück, dass wir dich schonen müssen, Paul. Für deine Frau gilt das übrigens nicht. Und auch für deinen Bub nicht, diesen Bastard!», knurrte Gregor und warf ihm einen bösen Blick zu.

Paul stierte ihn abwesend an. Plötzlich begann sein Körper zu zucken. Erst nur leicht, dann immer heftiger. Dann brach ein tierisch klagender Laut aus ihm heraus, der in ein brüllendes Lachen überging. Tränen liefen ihm über die Wangen und nässten sein weisses Hemd.

Die beiden Bewacher waren heilfroh, dass dieser komische Kauz gefesselt war. Gregor griff zum Handy … Doch bevor er Robert anrufen konnte, löste Fedor das Problem auf seine Weise. Er ballte die Faust und hieb sie Paul unters Kinn.

MAJA UND PAUL

Maja kam zu sich, weil sich jemand an ihrem Körper zu schaffen machte. Sie lag auf dem Rücksitz des Rovers. Die Handgelenke immer noch mit einer Kette am Innengriff der Tür über ihrem Kopf befestigt.

Die Hand, die sie spürte, war schon weit gekommen. So weit, dass sie mit einem lauten Schrei die Beine anzog und dem Mann die Füsse ins Gesicht rammte.

Bevor Ivo reagieren konnte, wurde er aus dem Auto gezerrt. Dabei sah Maja zum zweiten Mal den Mann mit der Glatze, und wieder hielt er einen weissen Wattebausch in der Hand … Während Maja wegdämmerte, hörte sie eine Stimme, die immer schwächer wurde und sich dann wie ein Echo in der Ferne verlor ... «Verdammte Scheisse, Ivo! Konntest du das nicht auf später auf ... schieben ... aber los, bevor ...»

Die Tür flog auf, Paul erschrak. Gregor betrat den Raum, hinter ihm stand Fedor. Auf seinen affenähnlich behaarten Armen trug er eine Frau.

«Maja?», schrie Paul.

«Was habt ihr mit ihr gemacht?»

«Sie schläft», knurrte Fedor und liess Maja unsanft auf die schmale Liege an der gegenüberliegenden Wand fallen.

«Sie wird bald aufwachen. Dann könnt ihr reden, so viel ihr wollt. Falls ihr uns braucht, wir sind gleich nebenan. Und, wie du weisst, Paul, wir warten darauf, dass du mit uns kooperierst ... Vielleicht kann deine Frau dich ja davon überzeugen. Wenn nicht, wirst du sie bald schreien hören.»

Gregor schloss die Tür.

Plötzlich spürte Paul einen stichartigen Schmerz ... Wie ein winziger Blitz fuhr er seitlich den Hals hinauf und explodierte direkt unter der Schädeldecke. Eine Sekunde lang wurde ihm schwarz vor den Augen. Als es wieder aufklarte, drang etwas in sein Bewusstsein, das sein gesamtes Denken zu übernehmen schien. Paul kämpfte dagegen an, doch es war, als ob er in einem Labyrinth gefangen wäre. Jedes Wollen führte sofort ins Aus. Es war, als ob er gegen eine Wand liefe. Egal wohin er sich wenden wollte, seine Gedanken wurden im Keim erstickt und umgewandelt. In Impulse, die seine Gefühle und alles, was er wahrnahm, in eine unbekannte Wahrnehmung zwängten.

50

Paul erinnerte sich verschwommen an die lange Liste seiner Schimpfwörter und wollte sich gerade damit in die Schwerter seiner Feinde stürzen, als dieses Etwas in seinem Kopf den Stecker zog …

«Was zur Hölle …»

Doch da war nichts mehr. Keine Gedanken, keine Gefühle … Nur noch ein Auflösen, ein Hinabsinken, ein Lebloswerden …

0-0-0 …

ALFRED, LUCAS UND DIE POLIZISTEN

«Hast du gut gemacht, Lucas! Komm, lass uns etwas abhängen. Magst du eine Glacé?»

Alfred und Lucas setzten sich auf die Bank unter der Eiche.

«Sollten wir nicht die Polizei rufen, weil Papa und Mama entführt worden sind, Alfred?», fragte Lucas.

«Natürlich, du hast recht, Lucas …»

Alfred stand auf und lief ins Haus zum Festnetztelefon. Er sprach so laut, dass Lucas jedes Wort verstehen konnte.

«Hallo! Ist hier die Polizei? Gerade haben ein Mann und eine Frau versucht, Lucas zu entführen … Wie? Nein! Lucas ist der Bub meiner Nachbarn, die bereits entführt worden sind … Aber darüber sind sie sicher schon informiert, nehme ich an … Wie alt ich bin? Ich bin neunzig …»

Eine Weile war es still. Dann gab es ein schepperndes Geräusch. Alfred hatte den Hörer auf die Gabel geknallt. Kurz darauf kam er aus dem Haus gelaufen.

«Was hat die Polizei gesagt, Alfred?»

«Dieser Idiot hat mich ausgelacht. Solche Anrufe bekämen sie jeden Tag, ob ich nicht wüsste, dass es strafbar sei, die Polizei in die Irre zu führen.»

Kurz nachdem Alfred von ihrem Kollegen am Telefon abgewiesen worden war, kamen Rocco und Ivo von ihrem *Auftrag* zurück.

«Wieder so ein irrer Anrufer», lachte Toni kopfschüttelnd. Ein neunzigjähriger Mann. Er hat behauptet, dass ein fremdes Ehepaar das Kind der Nachbarn entführen wollte ... Und wisst ihr, was er noch gesagt hat? Dass die Eltern bereits entführt worden seien! Und das in einem kleinen Dorf im Domleschg! Hahahaaa! Da habe ich sofort gewusst, dass er nicht mehr klar im Kopf ist!»

«Idiot! Lass mich ran!», brüllte Rocco und schob seinen Kollegen so kräftig zur Seite, dass er samt Stuhl ein paar Meter durchs Büro rollte.

Rocco rief die letzte Anrufnummer zurück.

«Kantonspolizei! Haben sie gerade eine Entführung gemeldet? Ja? Tut mir leid! Wir kommen sofort! Wie ist die Adresse? Valpra? Den Weg hinauf nach Almens ... Das alte Haus mit der gespaltenen Eiche? Ok, Alfred, in einer halben Stunde sind wir bei ihnen. Lucas wird bald wieder bei seinen Eltern sein.»

«Die Polizei wird gleich hier sein, Lucas. Sie wissen wo deine Eltern sind. Alles wird gut!»

«Aber was ist, wenn das falsche Polizisten sind?», fragte Lucas mit gerunzelter Stirn.

«Falsche Polizisten gibt es nur im Fernsehen», antwortete Alfred lächelnd. Doch Lucas gab nicht auf.

«Aber vielleicht gibt es die auch in echt, wäre doch möglich, oder? Timo hat erzählt, dass sein grosser Bruder schon Filme gesehen hat, in denen sogar richtige Polizisten für die Mafia gearbeitet haben …»

Alfred wollte kein Spielverderber sein.

«Ok, wenn du meinst … Was könnten wir denn tun, um das rechtzeitig herauszufinden, Lucas?»

«Vielleicht weiss es Pierre, der Mann, der uns vor den Zürchers gewarnt hat …»

«Wer ist Pierre?»

«Pierre ist ein Freund von Papa, und auch meine Mama trifft sich oft mit ihm. Frag ihn doch einfach, Alfred! Du musst nur auf die Rückruftaste drücken, komm, ich zeig's dir.»

Lucas fasste Alfred an der Hand und zog ihn zum Festnetztelefon, das auf der altertümlichen Kommode im Wohnzimmer stand.

Alfred zögerte, aber der bestimmte Blick von Lucas überzeugte ihn. Also nahm er den Hörer in die Hand und suchte mit seinem dürren Zeigefinger nach der richtigen Taste. Doch bevor er sie fand, hatte Lucas schon draufgedrückt.

Pierre war dem Rover nachgefahren, hatte ihn jedoch aus den Augen verloren, als er einer Kuhherde wegen, die ein Bauer durchs Dorf trieb, anhalten musste. Während er wartete, war ihm, als hörte er sein Handy klingeln. Wenig später war die letzte Kuh an seinem Motorrad vorbeigeschlendert, hatte jedoch eine dünne dunkelgrüne Brühe auf die Strasse fallen lassen, auf der Pierre mit seiner Suzuki ins Schlingern kam, mit einem entgegenkommenden Auto zusammenprallte, über die Motorhaube gegen die Windschutzscheibe flog, zurückgeschleudert wurde und bewusstlos auf der Strasse liegen blieb.

Alfred schüttelte den Kopf.

«Pierre antwortet nicht ...»

«Vielleicht ist er auch entführt worden, oder sie haben ihn bereits umgebracht», mutmasste Lucas fachmännisch. «Dann sind wir ganz auf uns allein gestellt. Wir brauchen einen Plan, Alfred!»

Der neunzigjährige Mann hielt sich zitternd an seinem Stock fest. Zweifelnd blickte er mit seinen wässrig blauen Augen in die enthusiastisch strahlenden braunen Kinderaugen. Und plötzlich war da etwas in seiner Brust, das er seit ewigen Zeiten nicht mehr gefühlt hatte: Abenteuerlust, Mut und eine Prise Verwegenheit.

Alfreds Augen begannen wie Sterne zu leuchten.

«Ich habe eine Idee, Lucas. Einen Plan ...»

Als Ivo und Rocco durch Valpra hinauf zu Alfreds Haus fuhren, versperrte ihnen ein Bauer mit einem riesigen Traktor den Weg. Er hatte gerade den Anhänger rückwärts in die Scheune gefahren und mit dem Abladen von Heuballen begonnen.

«Heiliger Strohsack, das dauert ja ewig!», rief Rocco und schlug die Faust aufs Lenkrad.

Mit einem verächtlichen «Scheiss Bauern!» gab auch Ivo seinem Ärger Ausdruck.

Rocco riss die Geduld. Er fuhr über die Strasse hinaus in die Wiese, um das Hindernis zu umfahren. Dort floss munter murmelnd ein von Gras überwachsenes Bächlein ins Tal hinab. Als Rocco aufs Gaspedal drückte, um wieder auf die Strasse zu gelangen, spürte das Bächlein, wie zwei unbekannte runde Gebilde in es eindrangen und sich auf seinem glitschigen Grund wild zu drehen begannen ...

«Verdammte Scheisse! Was ist denn das? Ivo stiess die Tür auf, stellte die Füsse auf die Wiese ... Und stand bis zu den Knien im Wasser ...

«Die Flüche, die daraufhin bis hinauf zu Alfreds Haus zu hören waren unterschieden sich kaum von denen eines Gefangenen, der auf einer Pritsche lag und darauf wartete, dass seine Frau aufwachte.

Rocco öffnete die Tür auf der Fahrerseite, fasste seinen tobenden Kollegen am Arm und zog ihn über die Vordersitze am Lenkrad vorbei aus dem Auto.

«Wir gehen zu Fuss, Ivo! Los Abmarsch!»

«Sie sind mit dem Auto in der Wiese stecken geblieben, im kleinen Bächlein, Alfred! Jetzt kommen sie zu Fuss», meldete Lucas, der mit Alfreds altem Armeefeldstecher vom Estrichfenster aus die Gegend überwachte.

«Ok, Lucas. Ich erzähle ihnen, dass sie zu spät kommen, weil deine Tante dich bereits abgeholt hat. Wenn sie mir das abnehmen, sind es gute Polizisten, wenn nicht, wissen sie, dass ich nicht die Wahrheit gesagt habe, und dann bekommen wir Ärger.»

«Du musst dich bewaffnen, Alfred!», rief Lucas.

«Ja, ja, mach ich ... Ich habe noch meinen alten Karabiner ...», scherzte der alte Mann und stelzte vorsichtig die steile Holztreppe hinunter zum Hauseingang. Vor dem massiven Holzschrank neben der Kellertreppe blieb er stehen ...

Als Rocco und Ivo am Gartentor standen und staunend die halbierte Eiche betrachteten, wussten sie nicht, dass der alte Mann, der gerade auf der Haustür erschien, seit über zwanzig Jahren wieder einmal den Schrank geöffnet hatte, in dem er seinen Karabiner aufbewahrte.

Er hatte die Waffe überprüft und das Magazin mit Patronen gefüllt, die er – verbotenerweise! – beim letzten Schützenfest vor vielen Jahren hatte mitlaufen lassen. Nun lehnte das Gewehr griffbereit hinter der Eingangstür an der Wand.

ARNE UND PIA

Pia: «*0-0-0* ist der Basis-Inpuls. Das Geheimnis, das wir vermutlich nie herausfinden werden, besteht in der Komplexität der Membran, der Matrix zu jeder existierenden Form. Im physischen wie im supraphysischen Bereich. Wir haben es geschafft, ein winziges Teil davon in Form eines bio-chemischen Nano-Elements in Pauls Körper einzuschleusen. Wir wissen aber noch nicht, wie es genau funktioniert. Paul ist also wirklich ein Versuchskaninchen.»

Arne stand neben Pia im abgedunkelten Raum, zu dem nur wenige Zutritt hatten, und zeigte auf einen der beiden Bildschirme auf ihrem Arbeitstisch. Farbige Wellen liefen in unterschiedlichen Rhythmen über das Display. Manchmal kreuzten sie sich, häuften sich zu Knäueln oder zerfielen in kleine Fragmente …

Jede Farbe, jede Kurve besass eine Zahl.

Der zweite Bildschirm zeigte die Herzkurve, den Blutdruck, den physischen und psychischen Zustand eines Mannes, der angekettet drei Meter entfernt von seiner Frau auf einer harten Pritsche lag und sich fragte, was zum Teufel mit ihm los war.

«Die Null hat ihn ruhiggestellt, jetzt können wir weiter machen!», drängte Arne.

«Nein, Arne! Jetzt müssen wir abwarten, was geschieht! Wir sind erst ganz am Anfang.

Arnes Gesicht verhärtete sich.

«Pia, als CEO dieser Firma stehe ich unter einem gewissen Druck. Der Verwaltungsrat, die Aktionäre, sie erwarten von mir, dass ich so schnell als möglich konkrete Ergebnisse liefere.»

Was Pia mit ihrem hochkarätigen Team von Spezialisten erforscht, entdeckt und entwickelt hatte, war, ihrer Ansicht nach, ein Chip, der – wie vom verstorbenen Firmengründer, Herr Brenner, vorgesehen – dazu dienen sollte, Krankheiten im menschlichen Körper frühzeitig zu entdecken. Was Pia nicht wusste: Arne diente als CEO einer Organisation, die nicht das geringste Interesse an der Gesundheit der Menschheit hatte. Ihr ging es nur um eines: Macht und Kontrolle. Pia hätte in dieser frühen Phase kein Experiment erlaubt, schon gar nicht mit Paul. Und erst recht nicht, wenn sie gewusst hätte, wer Arne ausgewählt und als CEO eingesetzt hatte.

«Einer für alle, alle für einen, beschwörst du doch bei jeder Gelegenheit deine Leute, oder? Und jetzt soll, um die Aktionäre zu befriedigen, das Experiment plötzlich beschleunigt werden? Das kann Leben kosten, das von Paul zum Beispiel!»

Pia war aufgestanden und stand mit verschränkten Armen vor ihrem Chef. Ihre blauen Augen waren tiefdunkel geworden vor Zorn.

Arne liess sich nicht einschüchtern. Sein Gesicht lief rot an: «Du sagst mir nicht, was ich zu tun habe, Pia! Du hast ja keine Ahnung, um was es hier geht. Dich kann ich jederzeit austauschen!»

Pia wurde bleich und setzte sich wieder. So hatte sie ihren Chef noch nie erlebt. Mit grossen Schritten verliess der CEO den Raum und knallte die Tür hinter sich zu.

PIERRE UND DER INSPEKTOR

Als Pierre zu sich kam, befand er sich mit einem Verband um den Kopf in einem Spitalbett. Verwirrt schweifte sein Blick durch das kleine Zimmer. Er lag am Fenster, das einen Spalt breit geöffnet war. Im Bett neben der Tür lag ein alter Mann, der ihn stumm anstarrte.

«Wo bin ich?» Keine Antwort.

Die Tür ging auf, eine medizinische Praxisassistentin trat an sein Bett.

«Ah, sie sind aufgewacht. Wie geht es ihnen, Herr Montavon? Kopfschmerzen?»

«Was ist geschehen? Wieso bin ich hier?»

«Sie hatten einen Unfall mit ihrem Motorrad. Können sie sich erinnern?»

Pierre überlegte angestrengt.

«Bitte, nennen sie mir ihren Namen!»

«Pierre?

«Genau! Sie sind Pierre Montavon, wohnen in Chur und handeln mit Autos. So steht es auf ihrer Visitenkarte.»

«Und wo bin ich jetzt?»

«Im Spital in Tura.»

Die MPA verliess das Zimmer und kam bald darauf mit einem Arzt zurück.

«Doktor Malte, ich bin ihr Arzt. Herr Montavon, sie hatten einen Unfall mit ihrem Motorrad und haben eine schwere Hirnerschütterung erlitten. Sie brauchen jetzt vor allem Ruhe.»

Der Arzt und die MPA verliessen das Zimmer.

«Montavon ...», grummelte der alte Mann neben Pierre.

«Sie sind sicher kein Bündner, oder?»

Inspektor Peter Klaus, der Pierre auf seinem Zimmer besuchte, zeigte kein Mitleid. Was ihn interessierte war, dass dieser Mann bei seinem Unfall eine nicht-registrierte Waffe auf sich getragen hatte.

«Wohin waren sie unterwegs, Herr Motavon? Weshalb bewaffnet und sogar mit einem Ersatzmagazin?», fragte der Inspektor streng.

Pierre umfasste sein Genick mit beiden Händen, massierte es und jammerte: «Wohin fährt ein Mann in meinem Alter an einem schönen Sommernachmittag schon mit seinem Motorrad? Natürlich ins Grüne!»

«Und wozu die Waffe?»

«Ach ja, meine Pistole. Die nehme ich immer mit, ist so ein Tick von mir, gibt mir ein Gefühl von Gefahr und Abenteuer ...»

«Und weshalb ist sie nicht registriert?»

«Ich habe sie von einem Kollegen günstig kaufen können, und dann habe ich das mit der Registrierung vergessen ...»

«Ein Kollege? Wie heisst er?»

«Paul, aber er ist plötzlich verschwunden, ist entführt worden ...»

Peter Klaus strich mit der Hand über seine kurz geschnittenen Haare. Langsam dämmerte ihm, dass es eine Verbindung zwischen der Frau auf der Intensivstation und diesem Pierre geben könnte. In beiden Fällen war eine Waffe gefunden worden. Etwas, was im Spital Tura, alles andere als üblich war.

«Der Mann, der aus der Nanotech-Firma entführt wurde? Das ist ihr Kollege?»

«Seit über zwanzig Jahren. Wir waren zusammen auf der Abendschule.»

Inspektor Klaus dachte intensiv nach.

«Kennen sie vielleicht auch die Hintergründe der Entführung?»

«Ich denke schon, Herr Inspektor. Ich weiss, wer Paul entführt hat und auch, wer hinter der ganzen Aktion steckt. Es gibt allerdings ein Problem ...»

«Und das wäre?»

«Ich darf ihnen keine Auskunft geben!»

ILLONA UND PIA

Es war später Abend. Frau Brenner befand sich in ihrem Patrizierhaus in der Nähe von Chur. Ihre Köchin war vor einer halben Stunde nach Hause gegangen.

Illona lag auf der Couch und wollte gerade den Fernseher einschalten, als sich ihr Handy meldete. Vor ein paar Jahren schon hatte sie von Arne verlangt, dass sie als Firmeninhaberin für sämtliche Kaderleute jederzeit persönlich erreichbar sein wolle.

Überrascht schaute sie aufs Display. Der Name war ihr nicht geläufig.

«Ja, Illona ...»

«Frau Brenner, bitte entschuldigen sie die Störung. Hier ist Pia Cerjak. Ich bin die Abteilungsleiterin der Nano-Forschung und hauptsächlich an unserer neuesten

Erfindung beteiligt. Mein Vater ist der Security, auf den geschossen wurde ...»

«Oh, ja ... Hallo Pia. Es tut mir sehr leid wegen dem, was mit ihrem Vater geschehen ist. Wie geht es ihm denn jetzt?»

«Frau Brenner, es geht im Moment nicht um meinen Vater. Es ist etwas in der Firma geschehen ...»

«Schon wieder? Das ist ja grossartig! Nach dieser Entführung hat mir Arne gebeichtet, was er – ohne mein Wissen! – alles angeordnet hat und jetzt ...»

«Arne will unsere Erfindung so schnell als möglich vermarkten. Dabei ist das Ganze überhaupt noch nicht ausgereift; er darf auf keinen Fall an Menschen erprobt werden, bevor nicht sicher ist ...»

«Ich weiss, Pia! Arne hat den Chip trotzdem diesem Paul injizieren lassen, und das ohne sein Wissen! Und nun ist der arme Mann auch noch entführt worden!»

«Paul ist der Mann meiner besten Freundin, und auch mein Freund ...»

«Oh je! Das tut mir leid! Das Problem ist, dass Arne als CEO sehr viel Einfluss hat, und auch der Verwaltungsrat hinter ihm steht ... Ich werde schauen, was ich tun kann, Frau Cerjak. Ich melde mich wieder!»

Die Zeiger ihrer brillantbesetzten Armbanduhr standen bei fünf Minuten vor Mitternacht. Früher Abend in Philadelphia. Illona beschloss, zu warten, bis Thomas, ihr Sohn, zu Hause war, legte sich auf die Couch und schaltete den Fernseher ein.

4. KAPITEL

ALFRED UND LUCAS

Alfred blieb im Türrahmen stehen und beobachtete, wie die beiden Beamten seine Eiche bestaunten.

«Ein Blitz hat sie gespalten!», rief er ihnen zu. Und während Rocco und Ivo das Gartentor öffneten und über die Steinplatten auf sein Haus zuliefen: «Majas und Lucas Schwester sind dabei umgekommen. Alessia war erst vier Jahre alt!»

«Ein schlimmes Unglück! Wir haben davon gehört. Sie sind der Mann, der den Bub vor den Entführern gerettet hat?», fragte Rocco.

«Das war mutig von ihnen. Wir werden ihn zu seinen Eltern bringen. Wo ist er denn jetzt?»

Alfred spürte, wie seine Beine schwach wurden. Er dachte an seinen Karabiner hinter der Tür, doch es gab im Moment keinen Grund, ihn gegen die beiden Polizeibeamten einzusetzen.

«Seine Tante hat ihn abgeholt ...»

Rocco und Ivo warfen sich einen einvernehmlichen Blick zu.

«Seine Tante? Sind sie ganz sicher?»

Alfred nickte.

«Ok, alter Mann. Da haben wir andere Informationen. Sie bleiben hier bei meinem Kollegen! Ich erlaube mir währenddessen, ihr Haus zu durchsuchen.»

«Aber, das ist nicht rechtens, ausser sie haben einen Durchsuchungsbefehl ...», stammelte Alfred.

Ivo nahm Alfred am Arm, drückte ihn auf die Holzbank neben dem Eingang, setzte sich neben ihn und zündete sich eine Zigarette an.

Rocco trat ins Haus, lief durch den Gang, schaute in die Küche, ins Wohnzimmer, öffnete die Kellertür, schloss sie wieder und stieg dann die alte Holztreppe in den zweiten Stock hinauf. Lucas hörte die Treppe knarren, wie Türen geöffnet und wieder geschlossen wurden. Auf dem Estrich lagen jede Menge Gegenstände, hinter denen ein achtjähriger Bub sich verbergen konnte. Doch darauf hatte Lucas keinen Bock. Verstecken war etwas für Mädchen. Er wollte den Feind mit einer List besiegen.

Die Luke zum Estrich stand offen, ein Seil hielt das schwere Holzteil, das an einem Hacken am Dachbalken befestigt war. Lucas tappte im Halbdunkel über den staubigen Boden, was nicht ohne Geräusche vor sich ging.

Rocco grinste. Da oben hatte sich der Bub also versteckt. Langsam näherte er sich der steilen Treppe ... Lucas hörte die Tritte knarren und wartete ... Einmal, zweimal, dreimal ... Beim vierten Mal erschien ein Kopf in der Öffnung ... Lucas löste das Seil und liess die Tür fallen. Mit einem Schrei stürzte Rocco rückwärts die Treppe hinunter und blieb regungslos liegen.

«Rocco!?»

Ivo stürmte ins Haus und die Treppen hinauf.

Lucas rannte zum Estrichfenster und schaute nach unten. Alfred stand mit dem Karabiner unter dem Arm vor dem Haus, hielt die Hand über die Augen und rief: «Das Dachfenster, Lucas! Schnell!»

Lucas tastete sich zum fahlen Tageslicht, das den staubigen Estrichboden erhellte. Mit einiger Mühe gelang es ihm, das verschmutzte Fenster aufzustossen. Er kroch aufs Dach und schaute sich um.

«Und jetzt, Alfred? Was mache ich jetzt?»

«Klettere auf die Tanne hinter dem Haus und dann hinunter auf den Boden!», rief Alfred.

Ein Ast ragte ein gutes Stück über das mit Steinplatten bedeckte Dach. Lucas zögerte, bis er hörte, dass Ivo die Treppe hinuntersprang, um Hilfe zu holen. Mutig hangelte er sich bis zum Baumstamm, setzte den Fuss auf einen Ast und kletterte nach unten.

Alfred hörte, dass Ivo die Treppen hinunter sprang und eilte, auf den Stock gestützt, mit dem Karabiner unter dem linken Arm, so schnell es ging zur Tür.

Zu spät. Ivo war bereits im Gang und erkannte seine Absicht, ihn einzuschliessen.

Alfred liess den Stock fallen und brachte den Karabiner in Anschlag.

«Halt! Oder es knallt!», rief er mit sich überschlagender Stimme.

Ivo blieb stehen und hob kopfschüttelnd die Hände.

«Auch das noch! Ein Neunzigjähriger mit einem Karabiner. Das glaubt mir kein Mensch! – Komm, alter Mann, lass das Gewehr fallen, ist sicher nicht einmal geladen, oder?»

«Und ob!», schrie Alfred, entsicherte den Karabiner, nahm Druckpunkt und spürte im gleichen Moment, dass der Schuss bereits losging. Die Kugel streifte Ivos Schulter, pfiff durch den Hauseingang und durchschlug das rückwärtige Gang-Fenster.

Lucas hing noch am untersten Ast der Tanne und zögerte, sich fallen zu lassen, als es plötzlich einen Knall gab und der Ast zersplitterte ...

Ivo griff mit schmerzverzerrtem Gesicht nach seiner Dienstwaffe, hielt aber mitten in der Bewegung inne, als Alfred den Verschluss des Karabiners repetierte. Die leere Hülse sprang in hohem Bogen vor seine Füsse.

«Nächstes Mal treffe ich besser!», schrie Alfred und fuchtelte aufgeregt mit dem Gewehr herum.

Ivo streckte die Hände wieder in die Höhe.

«Ok, bald werden die Kollegen da sein. Bitte machen sie keinen Blödsinn, Alfred. Ich ergebe mich.»

«Gehen sie ins Haus! Ganz nach hinten zur Treppe!», schrie Alfred, folgte dem Polizisten und schloss die Tür.

Kaum hatte er zweimal den langen Eisenschlüssel gedreht, taumelte Lucas hinter dem Haus hervor.

«Alfred! Du hast den Ast getroffen und mich beinahe auch!», stammelte er mit weit aufgerissenen Augen.

Da Ivo nach dem Auffinden seines verletzten Kollegen sofort Hilfe angefordert hatte, ertönten bald einmal Sirenen. Ein Krankenwagen samt Polizeibegleitung fuhr durchs Dorf und hinauf zum Haus mit der gespaltenen Eiche.

Alfred übergab den Karabiner der Polizei. Ivos Schulter wurde notfallmässig versorgt, Rocco auf einer Bahre aus dem Haus getragen, in den Krankenwagen geschoben und ins Spital gebracht.

Auf der Fahrt zum Polizeiposten sass Lucas neben Alfred auf dem Rücksitz.

«Das sind jetzt aber die guten Polizisten, Alfred, oder?», flüsterte er dem alten Mann ins Ohr.

Alfred lächelte.

«Das hoffe ich, aber ganz sicher bin ich mir nicht. Besser, wir bleiben wachsam!»

DER INSPEKTOR, ALFRED UND LUCAS

Inspektor Klaus hatte reiche Beute gemacht. Nachdem er einen Zusammenhang zwischen dem Toten und seiner angeblichen Tochter im Spital vermutet hatte, war ihm ein dritter Fisch ins Netz gegangen. Einer, der behauptete, er wüsste, wer hinter der Entführung von Paul Canvas stecke. Und da dieser mit dem Motorrad verunfallte Mann ebenfalls eine Waffe auf sich getragen hatte, vermutete Peter Klaus eine Verbindung zum Toten im Spital.

Im Moment hatte allerdings ein anderer Fall Vorrang. Ein alter Mann war verhaftet worden, weil er mit seinem Karabiner auf einen Polizeibeamten geschossen hatte, um den Buben seiner Nachbarn vor ihm zu beschützen. Eine seltsame Begründung. Wieso sollte ein Kind von einem Polizisten beschützt werden müssen und das sogar mit einer Waffe?

Inspektor Klaus begab sich in den Vernehmungsraum, wo der neunzigjährige Mann und ein achtjähriger Bub auf ihn warteten. Er setzte sich an den Tisch und blätterte in seinen Unterlagen ...

«Also, Herr Battaglia? Und du bist Lucas?»

«Alfred, Herr Inspektor. Alle nennen mich so!»

«Alle sagen Alfred zu ihm. Auch meine Mutter und mein Vater und auch Pierre und Pia!», rief Lucas.

Der Inspektor runzelte die Stirn.

«Also gut, zuerst zu ihnen, Alfred! Weshalb haben sie auf den Polizisten geschossen?»

Bevor Alfred antworten konnte, rief Lucas: «Weil die mich entführen wollten!»

«Dich entführen? Die beiden Polizisten?»

66

«Genau! Weil sie nämlich böse Polizisten sind, die für die Mafia arbeiten ... Sie haben meinen Papa und wahrscheinlich auch meine Mama entführt! Genauso wie im Fernsehen! Wissen sie das denn nicht, Herr Inspektor?»

«Das mit der Mafia habe ich Lucas erzählt, weil ich dachte, es wäre ein Spiel, das wir zusammen spielen. Leider ist es dann jedoch anders gekommen», erklärte Alfred.

«Wie anders gekommen?»

«Nun, zuerst wollten die Zürchers Lucas entführen, die habe ich aber auf eine falsche Spur gelenkt ...»

«Die Zürchers?»

«Herr Inspektor, es war so: Heute Morgen habe ich ein Telefon von einem Pierre bekommen, der behauptete, Lucas Mutter Maja sei entführt worden und man wolle auch Lucas holen. Ich solle das verhindern. Auf die Frage, wieso er das nicht der Polizei melde, sagte er, das könne er nicht, weil er zu den Leuten gehöre, die die Entführer unterstützen müssten. Kurze Zeit später ist ein Auto vors Haus von Lucas Eltern gefahren. Mit einem Mann und einer Frau drin. Ich habe Angst bekommen, dass sie auf Lucas warten würden und bin ihm auf dem Schulweg entgegengelaufen.»

«Ja, und ich lag in der Wiese, weil ich sehen wollte, wie die Schnecke ihre Teleskope ausfährt!», ereiferte sich Lucas.

«Zum Glück, so haben sie ihn nicht gesehen. Ich habe sie abgelenkt und ihnen gesagt, Lucas sei bei seiner Tante am Heinzenberg. Daraufhin sind sie vermutlich dort hinauf gefahren, um ihn zu suchen. Als ich sie nach dem Namen fragte, sagte die Frau, sie wären Irene und Alex Zürcher.»

Dem Inspektor ging ein Licht auf.

Der Unfall … Ein älterer Mann und eine junge Frau. Er tot, sie ohne Erinnerung. Und dann Pierre Montavon, der ebenfalls eine Waffe auf sich getragen hatte …

«Der Name des Mannes war Pierre?»

Bevor Alfred antworten konnte, rief Lucas: «Pierre ist ein Freund meiner Eltern! Ist ja logisch, dass der uns gewarnt hat!»

Der Inspektor griff sich an die Stirn.

«Paul Canvas ist dein Vater?»

Lucas nickte.

«Das Auto deiner Mutter ist am Strassenrand bei Valpra gefunden worden, Lucas!»

Der Inspektor stand auf.

«Ok, ich habe genug gehört. Die Vernehmung wird später fortgesetzt. Jetzt muss ich ins Spital. Dieser Pierre ist in Gefahr, er weiss zu viel für gewisse Leute! Er muss mir sofort berichten, wo deine Eltern sind, Lucas.»

ROBERT

Robert war früh aufgestanden. Nun stand er am Fenster seines geräumigen Wohnzimmers und schaute in den Nebel hinaus. Das kleine Bergdorf Ladin lag auf 1200 Metern über Meer. Eine Höhe, auf der sich bei schlechtem Wetter oft der Nebel festsetzte. Was ihn nicht sonderlich störte, da er sich von Berufs wegen sowieso in einer Grauzone bewegte.

In seinem ersten Leben war Robert – unter einem anderen Namen – in der internationalen Schattenwelt dafür bekannt, dass er mit seinen Leuten Aufträge aller Art zuverlässig so erledigte, dass keine Spuren zurückblieben. Geldwäscherei, Drogen- und Menschenhandel, Beseitigung unliebsamer Bürger, Erpressung oder Einschüchterung.

Vor ein paar Jahren hatte er untertauchen müssen, um sein Leben zu retten. Das zerfetzte Auto vor einem Hotel in Amsterdam war in allen Zeitungen abgebildet worden. Dazu Spezialisten in weissen Anzügen mit Masken und Greifzangen, die Einzelteile eines Körpers einsammelten. Es gab Fotos einer Frau, die nicht seine war, da er nie verheiratet gewesen war, die mit Kindern, die nicht seine waren, weinend an einem Grab stand.

Nach einer aufwendigen Gesichtsoperation und unzähligen Stunden in einem Fitnesscenter in der Schweiz war aus dem beleibten, Zigarren rauchenden Kriminellen ein durchtrainierter, schlanker Mann geworden, der in nichts mehr an den berüchtigten Capo aus Amsterdam erinnerte.

Robert hatte sich nach seiner Verwandlung mit gefälschten Papieren in der Schweiz angemeldet und zwar in einem Bergdorf, das sich in der Nähe einer Firma befand, die etwas erfunden hatte, über das seine neuen Auftraggeber genauestens informierte werden wollten: Einen biochemischen Nano-Chip.

Warum er sich gerade in diesem kleinen Dorf am Heinzenberg ein Haus gekauft hatte, wusste er nicht genau. Das Tal und die Berge rundum hatten ihn angesprochen. Zudem würde ihn hier garantiert niemand suchen, schon gar nicht unter dem neuen Namen. Ausserdem befand sich das Dorf nur eine halbe Autostunde entfernt von der Fabrik, die den Chip entwickelt hatte.

Carmen, die junge Frau, die mit ihm im Haus lebte, war eine alte Bekannte aus dem Milieu seiner früheren Tätigkeit. Sie war Betreuerin, Köchin, Putzfrau und Geliebte in einem. Und weil sie fast alles über ihn wusste, ihn nie enttäuscht, verraten oder betrogen hatte, vertraute ihr Robert bedingungslos.

In den Nebel hinein läutet sein Handy. Robert zuckt zusammen.

«Wir müssen reden!»

«Ok! Ist etwas nicht in Ordnung?»

«Wie lautet dein Auftrag?»

«Ich bin dran, meine Leute sind unterwegs …, ein Spezialist der Nano-Firme ist in unserer Gewalt, ebenso seine Frau und das Kind … Damit können wir ihn zum Reden bringen.»

«Der Mann und seine Frau, die sind in unserer Gewalt, ja. Dieser Paul Canvas hat sich auch bereit erklärt, mit uns zusammenzuarbeiten, nachdem man gedroht hat, seine Frau zu vergewaltigen.»

«Läuft also wie geschmiert!», ereifert sich Robert.

«Nicht ganz Robert! Nicht ganz!»

«Wie? Was ist denn noch?»

«Das Kind, dieser Lucas, ist uns entwischt, besser gesagt, er wird gerade, zusammen mit einem alten Mann, der mit einem Karabiner auf einen *unserer Beamten* geschossen hat, von der Polizei vernommen.»

«Was denn für ein alter Mann?»

«Derselbe, dem Mirka und Juri geglaubt haben, dass Lucas bei seiner Tante am Heinzenberg ist.»

«Aber, da wohne ich ja auch …»

«Nun, wie auch immer: Juri ist tot, Mirka, wie dir unser Insider berichtet hat, mit einer Amnesie im Krankenhaus auf der Intensivstation …»

«Ich habe Marton geschickt!»

Der Mann in der Leitung schweigt, bis Robert fragt: «Ist etwas schief gelaufen?»

«Marton war unvorsichtig. Mirka hat ihm den Kehlkopf zertrümmert ... Jetzt ist die Polizei hinter dem Fall her. Ein Inspektor Klaus hat ihn übernommen ...»

«Verdammt! Wie soll es jetzt weitergehen?»

«Das frage ich dich, Robert! Du hast uns versprochen, das Ganze zu managen. Wir kümmern uns nicht um die Details.

«Keine Angst, ihr könnt mir vertrauen. Ich habe noch jeden Auftrag zu Ende gebracht!»

Wieder schweigt der Mann.

«Was noch?»

«Kennst du einen Pierre Montavon?»

«Pierre? Ja, das ist einer von uns!»

«Er WAR einer von euch, Robert. Pierre ist ein Freund des entführten Nano-Spezialisten. Er ist mit seinem Motorrad verunfallt und liegt im Moment ebenfalls im Spital. Da auch er eine Waffe auf sich getragen hat, ist es naheliegend, dass die Polizei den Fall Mirka und Juri mit ihm in Zusammenhang bringt!»

Robert schlägt die Faust auf den Tisch, stösst ein paar wilde Flüche aus, ergreift eine Vase und schmettert sie an die Wand.

Der Mann am Telefon lässt sich von seinem Wutausbruch nicht beeindrucken.

«Fluchen nützt nichts, Robert. Jetzt sind Taten gefragt. Dieser Pierre muss zum Schweigen gebracht werden, bevor er aussagen kann!»

«Er sollte längst tot sein! Meine Leute haben eine Bombe unter seinem Auto platziert! Der verfluchte Kerl hat es gerochen! Deshalb hat er das Motorrad genommen! Er ist hinter uns her! Ich werde sofort Gottardo schicken!», schreit Robert.

«Der ist angeschossen worden.»

«Dann halt Battesta, der hat noch nie versagt!»

«Ok, Robert! Letzte Chance! Der Glatzkopf soll die Sache regeln!»

PIERRE, DER INSPEKTOR UND DER KILLER

Johannes, der alte Mann, der neben Pierre im Bett lag, hatte sein Misstrauen noch immer nicht überwunden. Seit er den Namen Montavon gehört hatte, vermutete er, dass nicht nur kein Einheimischer neben ihm lag, sondern vielleicht sogar einer mit jurassischer Abstammung.

Vor über fünfzig Jahren hatte er im Welschen die Rekrutenschule absolvieren müssen. Als Deutschschweizer war er oft angefeindet und verspottet worden. Sein schlimmster Peiniger, ein Korporal aus dem Gebiet des späteren Kanton Jura, hatte ihn im Ausgang sogar einmal als Nazi beschimpft. Johannes hatte ihn daraufhin vermöbelt und in einen Brunnen geworfen. Was ihm zehn Tage Arrest eingebracht hatte.

Pierre fühlte sich nicht wohl neben diesem alten Mann. Seine Ablehnung und das ständiges Misstrauen nervten ihn. Und so liess er seinen Charme spielen und fragte Sina, die medizinische Praxisassistentin, ob er nicht in ein anderes Zimmer wechseln könnte.

«Ich schaue mal, ob etwas frei wird», antwortete die junge Frau lächelnd.

Battesta, der Glatzkopf, der Maja zweimal den Wattebausch mit dem Chloroform aufs Gesicht gedrückt hatte, fuhr über die Ausfahrt Nord ab der Autobahn, bog rechts ab auf die Hauptstrasse, fuhr in den zweiten Kreisel bei der Landi und von dort nach Tura.

Inspektor Klaus nahm mit seiner Assistentin Mara Capaul die Ausfahrt Tura Süd, fuhr durch den Kreisel ins Dorf zurück, links die Altdorfstrasse hinauf und dann hinunter zum Spital.

Als er nach links zum Parkhaus abbiegen wollte, kam ihm ein schwarzer SUV entgegen.

«Fahren sie, wir waren vor ihm da!», rief Mara.

Peter Klaus war ein höflicher Mensch. Er wusste, dass er als Linksabbieger dem entgegenkommenden Fahrzeug den Vortritt lassen sollte. Doch da die beiden Etagen des Parkhauses immer gut besetzt waren, und es im Moment um das Leben eines Zeugen ging, überwand er seine Höflichkeit und fuhr die steile Auffahrt hinauf auf die zweite Etage. Der SUV folgte ihm.

Alles besetzt!», rief Mara.

Doch dann: «Nein! Einer fährt raus!»

Der Inspektor fuhr ein paar Meter nach links und dann zurück auf den freigewordenen Parkplatz.

Der Fahrer des SUV, der ihm gefolgt war, stand nun dem wegfahrenden Auto im Weg. Er war stinksauer, als er die schmale Auffahrt wieder rückwärts hinunterfahren musste. Als der Inspektor mit Mara aus dem Auto stieg, hielt er ihnen den Mittelfinger entgegen.

«Der sieht ja aus wie ein ...», raunte Mara.

«Mein Gott, sie haben recht! Das könnte der Killer sein, der es auf Pierre abgesehen hat. Schnell, wir müssen ihm zuvorkommen!»

Johannes war etwas überrascht, als sein Bettnachbar aus dem Zimmer geschoben wurde.

«Vielleicht ist er ja doch kein Jurassier ...», murmelte er vor sich hin.

Es dauerte nur zehn Minuten und ein etwa gleichaltriger Mann, der auf dem Bau ein Brett an den Kopf bekommen hatte, wurde sein neuer Zimmergenosse. Wie Pierre trug auch er einen Verband um den Kopf.

Inspektor Klaus und Mara warten darauf, dass die Frau am Empfang des Krankenhauses ihr Telefonat beendet. Der Inspektor winkt, ruft und hält seinen Ausweis gegen die Scheibe. Mara verliert die Geduld, stösst die Tür auf und reisst der Frau das Handy aus der Hand: «Wir sind von der Polizei! In welchem Zimmer befindet sich Pierre Montavon?»

Frau Barth erschrickt, weiss im Moment nicht, was los ist ... «Wie? Polizei? Was ...»

«Schnell, die Zimmer-Nummer!»

Die Frau begreift endlich und eilt zum Computer.

«Wie war der Name schon wieder? Montavon?»

Sie tippt den Namen ein ...

«228! Zweiter Stock!»

Battesta war eben zur Tür hereingekommen. Beim Empfang sah er eine Frau und den Fahrer, der ihm den Vortritt genommen hatte. Dann hörte er eine Stimme: «Pierre Montavon, 228, zweiter Stock ...»

Der Killer eilte wie ein Schatten zum Lift ... Ein Arzt trat heraus, Battesta schlüpfte hinein ... Bevor sich die Tür schloss, hörte er noch einmal die Stimme ...

«Bitte warten sie noch einen Moment ...»

Dann setzte sich der Aufzug in Bewegung.

«Herr Montavon ist verlegt worden. Er liegt jetzt in Zimmer 248!», rief Frau Barth dem Inspektor nach.

Battesta eilte mit grossen Schritten durch den langen Gang im zweiten Stock. Die Jacke hielt er locker über dem angewinkelten rechten Arm. Er fand die Zimmer-Nummer 228, klopfte an und trat ein. Im Bett am Fenster lag ein dunkelhaariger Mann mit verbundenem Kopf, der ihn erschrocken anstarrte. Das musste Pierre sein, ohne Zweifel!

Johannes, der schlafend im Bett lag, wachte erst auf, als die Tür wieder ins Schloss fiel. Verwundert stellte er fest, dass sein neuer Bettnachbar mit einem Loch in der Stirn an die Decke starrte.

Der Lift mit Inspektor Klaus und Mara setzt sich in Bewegung, hält an, die Tür öffnet sich ...

Mara erkennt sofort, wer der Mann ist, der vor ihnen steht. Da ihr keine Zeit bleibt, die Waffe zu ziehen, lässt sie blitzschnell ein Bein nach oben schnellen. Die Schuhspitze trifft den Ellenbogen des Killers. Seine Jacke fällt auf den Boden, die darunter verborgene Pistole samt Schalldämpfer scheppert über den glatt polierten Linoleum-Boden ...

Battesta holt zum Schlag aus ... Mara duckt sich und trifft mit einem seitlichen Fussstoss das Knie, auf dem sein Körpergewicht ruht. Die Kreuzbänder reissen. Mit einem Schrei fällt der Mann zu Boden. Trotz der Schmerzen versucht er noch, kriechend an seine Waffe zu gelangen. Der Inspektor schiebt sie mit dem Fuss zur Seite. Mara hat genug Zeit, ihre Dienstwaffe zu ziehen.

«Paul!!!», schrie Maja und zerrte an ihren Fesseln.

«Wo sind wir? Was wollen die von uns?»

«Diese Idioten versuchen, an die Forschungsergebnisse zu gelangen, die sie in meinem Kopf vermuten!»

«Und weshalb bin ich hier?»

«Damit sie mich erpressen können. Sie wollen dich vergewaltigen, wenn ich nicht gehorche ...»

«Aber das tust du doch, Paul, oder? Du wirst doch nicht zulassen, dass diese Schweine ...»

Bevor Paul antworten konnte, spürte er, wie sich in seinem Kopf etwas tat ... Seine Gedanken wurden geblockt, sein Wille in einer Wolke aufgelöst ...

«Maja ...», stammelte er. «Die machen mit mir, was sie wollen ... Sie sind in meinem ... Kopf ...»

Entsetzt starrte Maja ihren Mann an. Paul hatte sich halb aufgerichtet, hielt die gefesselten Hände in die Höhe und starrte abwesend vor sich hin.

«Paul!!! – Was ist mit dir?», schrie Maja.

In der Küche nebenan wurden Stühle gerückt, dann öffnete sich die Tür.

«Probläme?», knurrte Gregor misstrauisch.

«Ihr Schweine! Was habt ihr mit meinem Mann gemacht?», kreischte Maja.

Fedor schob seinen Kollegen zur Seite, fasste Maja am Arm und drückte so fest zu, dass sie aufschrie.

«Schweine hast du gesagt? Das sind wir niicht! Du hast ja keine Ahnung, du dreckiges Luder! Mit dir können wir machen, was wir wollen! Hast du verstanden?»

«Bring sie in die Küche, Fedor! Sie soll für uns arbeiten! Los!», befahl Gregor.

Fedor riss Maja in die Höhe, griff in die Tasche und holte einen Schlüssel hervor. Als die Kette klirrend zu Boden fiel, sprang Maja zu Paul hinüber und fiel ihm weinend um den Hals.

Paul blieb ruhig auf seiner Pritsche sitzen, löste sich aus ihrer Umklammerung und schob sie von sich, als ob sie ihm lästig wäre.

«Genau, sie soll arbeiten! Was ihr kocht, ist ja kaum geniessbar. Meine Frau kann das viel besser», murmelte er vor sich hin.

Gregor zerrte Maja gewaltsam in die Küche.

«Du hast gehört, was dein Mann gesagt hat: Du sollst arbeiten! Zuerst putzt du die Toilette, dann räumst du die Küche auf, und nachher wollen wir etwas zu essen, im Kühlschrank findest du alles, was du brauchst!»

Maja war nicht bereit dazu. Sie riss sich los und schlug Gregor die Faust ins Gesicht …

«Schlampe! Los Fedor, sie will es nicht anders!»

Maja wurde, obwohl sie aus Leibeskräften um Hilfe schrie und sich mit Händen und Füssen wehrte, wieder auf ihrer Pritsche angekettet und geknebelt.

Paul beobachtete ohne sichtbare emotionale Reaktion, was mit seiner Frau geschah.

Gregor schob den roten Jupe über Majas zappelnde Beine und riss ihre weisse Bluse auf …

«Fedor, dein Messer! Halt sie fest!»

Mit weit aufgerissen Augen starrte Maja auf die scharfe Schneide, die sich ihrem Körper näherte …

Zwei schnelle Schnitte, dann öffnete Gregor den Reissverschlus seiner Jeans …

«Bitte nicht! Ich werde für euch arbeiten, alles, was ihr wollt, nur das nicht!», schrie Maja.

Paul sass auf seiner Pritsche und beobachtete geistesabwesend, was die beiden Männer mit einer Frau, die ihm seltsam vertraut vorkam, anstellten. Die Geräusche, die sie von sich gab, drangen nur gedämpft in sein Hörzentrum. Nach einiger Zeit schien es ihm, als ob die Frau sich beruhigt hätte. Was ein Gefühl der Erleichterung in ihm auslöste.

TEIL II

5. KAPITEL

ARNE UND PIA

Arne hatte eingesehen, dass er ohne Pia auf verlorenem Posten stand und hatte sich für sein Verhalten entschuldigt.

Gebannt starrten sie nun auf die beiden Bildschirme in dem abgedunkelten Raum.

Farbige Wellen auf dem einen Monitor bewegten sich in verschiedenartigen Rhythmen übers Display. Auf dem zweiten Bildschirm, der Pauls physische und psychische Befindlichkeit zeigte, herrschte Ruhe. Sämtliche Kurven zeigten nur leichte Wellenbewegungen. Pauls Blutdruck lag bei neunzig zu fünfzig, der Stressfaktor bei Null. Da Arne und Pia wussten, dass Paul sich in einer schwierigen Situation befand, war das erstaunlich.

«Das sieht nicht gut aus! Es scheint, als ob wir ihn jetzt völlig ruhig gestellt haben! Hoffentlich überlebt er das! Wir müssen ihn sofort wieder aktivieren!»

«Aktivieren? Wie willst du das machen, Pia?»

«0-0-0 bedeutet, dass Pauls Hirn den Befehl bekommen hat, sämtliche Funktionen, auch die emotionalen Reaktionen, herunterzufahren. Wie wir wissen, befindet er sich in einer Situation, auf die er in diesem Zustand nicht angemessen reagieren kann!»

Pia tippte ein paar Befehle in den Computer, und auf dem ersten Bildschirm begannen die farbigen Wellen sich zu verändern. Biochemische Informationen wurden in den Aktivierungscode 0-0-01 umgewandelt.

Arne beobachtete fasziniert, was auf dem Bildschirm vor sich ging.

»Ich habe keine Ahnung, was du da machst, Pia ...»

«Gleich wird Pauls Hirn wieder aktiviert. Schau auf die Blutdruck- und die Stresskurve.»

Pia übertrug den 0-0-01-Code über eine geschützte Frequenz an den winzigen, von Paul und seinem Team entwickelten, Empfänger des bio-chemischen Nano Chips, der in seinem Blut in der Grösse eines millionsten Millimeters kreiste.

«Mein Gott, es funktioniert!», schrie Arne.

«Gott sei Dank! Da fällt mir ein Stein vom Herzen!», seufzte Pia, beobachtete jedoch mit Sorge, dass Pauls Blutdruck höher und höher stieg.

Nach fünf Minuten war klar, dass etwas schief gelaufen war.

«Arne, Paul scheint in Schwierigkeiten zu sein. Wir müssen ihn sofort wieder runterholen!», schrie Pia.

«Sein Blutdruck ist auf hundertachtzig gestiegen, der Stressfaktor hat sich verdreifacht. Es besteht Lebensgefahr für Paul! Ich frage mich, was ihn so extrem belastet ...»

«Vielleicht wird er gefoltert ...», meinte Arne.

«Gefoltert? Oh, nein! Das wäre ja schlimm!»

Eigentlich hätte es ganz einfach sein können, Paul wieder zu beruhigen, wenn alles richtig funktioniert hätte. Pia versuchte es mit einer weiteren 0-0-0-Übertragung. Doch Paul reagierte nicht darauf.

«Das haben wir jetzt von deinem Scheiss-Experiment, Arne! Wenn Paul drauf geht, dann weiss ich nicht, was ich mache!», schrie Pia ihren CEO an.

Ein winziger Fehler in der Übertragung zum Nano-Chip in Pauls Blutbahn hatte dazu geführt, dass der zweite Code, der Paul wieder hätte beruhigen sollen, die 0-0-01-Aktivierung, in einen Bereich seines Gehirns katapultiert hatte, in dem Billiarden Erinnerungsmuster seiner Ur-Vergangenheit gespeichert waren ...

ILLONA UND THOMAS

Als Illona ihren Sohn telefonisch erreichte, war es in Langley früher Abend.

Thomas stand am Grill und erholte sich von einem aufreibenden Arbeitstag. Seine Frau spielte mit den beiden Buben im Alter von neun und zwölf Jahren hinter dem Haus Tischtennis.

Es dauerte etwas, bis Thomas das Handy hörte.

«Hi Mam, welche Überraschung!»

«Hallo Thomas, mein Lieber. Wie geht es dir?»

«Soweit alles in Ordnung. Und wie läufts bei dir?»

«Thomas, es gibt ein Problem in der Firma. Ich hoffe, dass du mir helfen kannst.»

«Und wie kommst du darauf, dass ich dir helfen werde, nachdem Papa mich rausgeworfen hat, als ich die Firma nicht übernehmen wollte!»

Illona seufzte.

«Ich weiss, Thomas, ich weiss! Aber du bist immer noch mein Sohn, oder?»

«Natürlich, Mam. Also gut, wo drückt der Schuh?»

«Ein Mitarbeiter meiner Firma ist am helllichten Tag entführt worden ...»

«Wie? Entführt? Weshalb denn und von wem?»

«Bitte setz dich, Thomas. Was ich zu erzählen habe dauert ein paar Minuten ...»

Thomas liess sich in den Schaukelstuhl auf der Terrasse fallen. Während seine Mutter erzählte, was geschehen und wie das Ganze abgelaufen war, wurden seine Schaukelbewegungen immer schneller.

Als er hörte, dass auf den Security geschossen worden war, sprang er auf, lief zum Grill und stocherte mit der Greifzange in der Glut herum, als ob er dort den Täter zu finden hoffte.

«Und? Was sagst du dazu, Thomas?», fragte Illona, als sie mit ihrem Bericht durch war.

Thomas antwortete nicht sofort. Etwas, das er noch nicht einordnen konnte, ging ihm im Kopf herum.

«Dieser Arne, dein CEO ...»

«Was ist mit ihm?»

«Irgendetwas war doch mit dem, bevor Papa ihn eingestellt hat, aber ich weiss nicht mehr was? Unglaublich, dass er diesem Paul ohne sein Wissen und seine Zustimmung einen unerprobten Chip injiziert hat. Allein das würde schon genügen, um ihn vor Gericht zu bringen!»

«Oh Gott, Thomas! Nein, soweit möchte ich nicht gehen. Arne hat viele Kontakte und ist international sehr gut vernetzt. Ich befürchte, das könnte dem Ruf der Firma schaden.»

«Und was ist mit der Polizei? Hat sie schon einen Verdacht? Gibt es Hinweise, eine Spur?»

«Na ja, ein Inspektor Klaus hat, zusammen mit seiner Assistentin, den Fall übernommen. Wie weit er schon gekommen ist, weiss ich noch nicht ...»

«Also gut, Mam. Als Erstes kümmere ich mich um die Vergangenheit deines CEO. Dann fällt mir gerade ein, dass ich dir noch nicht gesagt habe, dass ich einen neuen Job habe ...»

«Oh nein, Thomas, du warst doch so zufrieden in dieser Agentur in Philadelphia! Was ist denn das jetzt für eine Firma?»

Illona hörte Thomas lachen, die Kinder kreischen.

«Ach, Mama! Keine Sorge. Der neue Job gibt mir viel Freiheit. Zudem passt er genau zu der Aufgabe, die du mir gerade übertragen hast.»

«Was ist das denn für eine Arbeit, Thomas?»

«Ich arbeite für die Regierung, in der Nähe von Washington.»

«Aber das ist doch viel zu weit entfernt von deinem Wohnort! Was sagen denn Ellen und die Kinder, wenn du jeden Abend so spät nach Hause kommst?»

«Oh, die sind ganz zufrieden, Mama. Wir wohnen jetzt in Langley, in zehn Minuten bin ich im Büro.»

MARA UND DER INSPEKTOR

Battesta lag auf dem Boden, das linke Knie schmerzte höllisch. Die Waffe, mit der er Pierre ins Jenseits befördert hatte, lag mehrere Meter entfernt auf dem Boden. Vor ihm stand die Frau, die ihm das Knie zertrümmert hatte. Mit ausgestreckten Armen hielt sie ihre Dienstwaffe auf ihn gerichtet und schrie: «Kriminalpolizei! Ergeben sie sich!»

Battesta hatte schon jede Menge gefährliche Situationen er- und überlebt, er dachte keine Sekunde daran, aufzugeben. An der Wade unter seiner Hose steckte eine kleine Pistole, Kaliber 6.35 mm.

Inspektor Klaus legte eine Handschelle um sein linkes Handgelenk, liess sie einschnappen und wartete auf die rechte Hand. Mit der massierte der Killer stöhnend das verletzte Knie, dann das Schienbein ... Und plötzlich hielt er eine kleine Pistole in der Hand ...

Zwei Schüsse krachten fast gleichzeitig durch den Spitalgang. Mara zuckte zusammen. Battesta sank auf den Boden.

«Sind sie verletzt?», rief der Inspektor.

Mara tastete ihren Bauch ab, die Hüfte.

«Nur ein Streifschuss ... Kleines Kaliber», murmelte sie, sicherte ihre Pistole und steckte sie ins Halfter.

Ärzte kamen angerannt, Pflegepersonal, Patientenbesucher öffneten die Zimmertüren.

Ein junger Assistenzarzt kümmerte sich um Maras Verletzung, desinfizierte die Wunde an ihrer Hüfte und verschloss sie provisorisch mit einem grossen Pflaster.

«Da haben sie aber noch einmal Glück gehabt, Frau Kommissarin! Die Wunde muss aber unbedingt noch genäht werden!», strahlte er bewundernd.

Auch Pierre hatte die Schüsse gehört ... Er rannte im Trainingsanzug den langen Gang entlang zum Aufzug.

«Das ist er! Dieser Mann sollte mich umbringen!», rief er und zeigte auf Battesta, der in einer Blutlache am Boden lag.

«Mein Gott! Er hat das falsche Zimmer erwischt!», rief der Inspektor und rannte los. Mara und Pierre hinterher.

«Ist er tot?», fragte Johannes in Zimmer 228 verwirrt und zeigte auf seinen Bettnachbar, der immer noch mit einem Loch in der Stirn an die Decke starrte.

«Wir nehmen sie in Gewahrsam Herr Montavon. Sie kommen an einen sicheren Ort und wenn nötig in ein Zeugenschutzprogramm», knurrte der Inspektor.

Mara lief mit Pierre die Treppe hinunter zum Ausgang und auf das Parkhausdeck, wo der alte Volvo stand. Sie liess Pierre einsteigen und setzte sich neben ihn auf den Rücksitz.

Nach ein paar Minuten stieg der Inspektor ein, startete den Motor, fuhr die enge Auffahrt hinunter und bog etwas direkt in die Hauptstrasse ein. Pierre, der sich nicht angeschnallt hatte, fiel auf die Kriminal-Assistentin. Mara schob ihn energisch zur Seite, beugte sich über seine Beine und zog den Sicherheitsgurt über seine Brust.

ILLONA UND THOMAS

«Wie kommt er dazu, für die Regierung zu arbeiten, wo er in Philadelphia doch so eine gute Arbeit hatte?», murmelte Illona vor sich hin, als sie sich um ein Uhr nachts ins Bett legte.

Bevor sie das Licht löschte, googelte sie den Namen Langley, und auf einmal war ihr klar, weshalb der neue Job ihres Sohnes zur Aufgabe passte, die sie ihm übertragen hatte.

Am nächsten Abend gegen Mitternacht rief Thomas zurück.

«Hallo, da bin ich wieder …»

«Falls du wirklich für die CIA arbeitest, Thomas, mache ich keinen Luftsprung vor Begeisterung. Man hört so viel Beängstigendes von dieser Organisation.»

«Offiziell bin ich nur ein Büroangestellter, allerdings einer mit Spezialaufgaben.»

«Soso, mit Spezialaufgaben. Und? Was hast du über Arne herausgefunden?»

«Ich wundere mich, dass Papa so einem Mann seine Firma anvertraut hat.»

«Und weshalb?»

«In Oxford, wo dein CEO einst studiert haben soll, gabes einen Studenten mit dem Namen Björn Larsson. Allerdings ist er vor zwanzig Jahren spurlos verschwunden. Zusammen mit seiner Ehefrau. Und jetzt halt dich fest, Mam: Ausser Name und Foto, die vermutlich digital ausgewechselt wurden, sind Herkunft und Lebenslauf mit sämtlichen Abschlüssen und Auszeichnungen an verschiedenen Managementschulen in Europa und den USA Wort für Wort identisch mit denen deines CEO.

«Das würde bedeuten, dass Arne sich mit fremden Federn schmückt! Aber warum? Bist du sicher, dass du dich nicht irrst, Thomas? Wie hast du es überhaupt geschafft, an diese Daten zu kommen?»

Thomas lachte leise.

«Durch meinen neuen Job, Mam. Ich hab dir doch gesagt, dass er genau zu der Aufgabe passt, die du mir aufgetragen hast.»

«Also doch! Ihr könnt auf der ganzen Welt auf jeden beliebigen Server und sämtliche Daten zugreifen, ganz wie es euch beliebt? Und in so einer Firma arbeitest du jetzt?»

«Nein, nicht ganz wie es uns beliebt, Mam. Nur, wenn es für die nationale Sicherheit notwendig ist!»

«Und dieser Entführungsfall in meiner Firma ist etwas, das die nationale Sicherheit der USA betrifft?»

Thomas lachte wieder.

«Nein, das war nur ein kurzer Abstecher in ein Gebiet, das von uns routinemässig überwacht wird.»

«Ihr überwacht Unternehmen auf der ganzen Welt?»

«Mam, bitte verstehe, dass ich darüber nichts sagen kann. Ich sende dir die Unterlagen, und du kannst Björns Foto mit dem von Arne vergleichen. Es gibt keinen Zweifel, dass dein Geschäftsführer nicht Björn Larsson ist.»

«Mein Gott, Thomas, wie soll ich das jetzt anpacken? Ich fühle mich überfordert! Ich kenne Arne, der wird nicht so schnell klein beigeben.»

«Wichtig ist, dass du nichts überstürzt. Vielleicht solltest du diese Pia ins Vertrauen ziehen, sie arbeitet ja an der neuen Erfindung. Ich werde, falls du einverstanden bist, weiter recherchieren. Jetzt gilt es, herauszufinden, wen Papa vor zwanzig Jahren wirklich eingestellt hat. Ich vermute, dass Arne einer Organisation angehört, die Björn Larsson samt Frau hat verschwinden lassen. Dass Papa Arne, den er doch kaum kannte, solch umfassende Vollmachten erteilt hat, ist mir unbegreiflich. Er war doch ein überlegter und vorsichtiger Mann. Vielleicht ist er ja dazu gezwungen worden. Doch das werde ich noch herausfinden!»

Illona war schockiert. Arne war ein Krimineller, der sich mit falschen Unterlagen den Posten als CEO von ihrem verstorbenen Mann ergattert hatte. Das war schwer zu verkraften.

Es war 00.45 Uhr, als Illona sich ins Bett legte. Vergebens versuchte sie, sich zu entspannen. Der Schlaf kam nicht.

ILLONA UND PIA

«Neeeiin, das darf doch nicht wahr sein!», stöhnte Pia, als ihr Handy sie aus dem Schlaf aufweckte.

«Nicht schon wieder, Arne!»

Pia rieb sich die Augen. Die digitalen Zahlen auf dem Radiowecker zeigten 02.37 Uhr.

Nach einem Blick aufs Handy war sie hellwach.

«Ja, Frau Brenner?»

«Es tut mir leid, Pia, dass ich sie mitten in der Nacht aufwecke, aber ich habe Informationen, die ich niemandem sonst mitteilen kann!»

Pia fühlte, wie ihr Herzschlag kurz aussetzte. War etwas mit Paul? Hatte der 0-0-01-Code ihn vielleicht umgebracht?

«Informationen, Frau Brenner? Geht es um Paul?»

«Nein, Pia, es geht nicht um Paul. Es geht um unseren CEO.»

«Um Arne? Ach so, da bin ich beruhigt. Ich hatte schon Angst, dass etwas mit Paul ...»

«Pia, ich habe mit meinem Sohn in den USA telefoniert. Er arbeitet bei einer Firma, die weltweit vernetzt ist und unbeschränkte Kompetenzen hat ... Aber das möchte ich nicht am Telefon besprechen. Können sie heute Abend bei mir zu Hause vorbeischauen? Sagen wir, so um acht Uhr?»

PAUL UND MAJA

«Paul! Du hast es zugelassen!», rief Maja schluchzend.

«Du hast dich gar nicht gewehrt für mich ... Hat man dir Drogen gegeben?»

Paul sass stumm auf seiner Pritsche. In der Küche hörte man die beiden Russen lachen. Dann öffnete sich die Tür. Gregor trat ein und blieb grinsend vor Paul stehen.

«Wie wir gehört haben, soll deine Frau dir nicht immer treu gewesen sein, Paul ...»

Paul schien aus einem Traum zu erwachen.

«Ist das wahr, Maja?»

Maja setzte sich auf, zog ihre Bluse über der Brust zusammen und wischte sich die Augen.

«Sag die Wahrheit!», befahl Paul.

Also begann Maja zu erzählen: «Nachdem Alessia und Sarah gestorben waren, war alles in mir tot. Ein ganzes Jahr lang habe ich nichts gefühlt. Eines Tages kam Pierre auf Besuch ...»

«Mit meinem besten Freund hast du es getrieben? All die letzten Jahre?», rief Paul entrüstet.

«Ja, mit Pierre hat das angefangen. Er hat es geschafft, dass ich wieder etwas fühlen konnte.»

«Etwas fühlen? Und bei mir hast du nichts gefühlt?»

«Ach Paul, du weisst so gut wie ich, dass wir kaum noch Sex hatten. Du warst für mich gar nicht mehr erreichbar ... Pierre hingegen hatte immer Zeit für mich ... So gesehen hat er als Freund gehandelt ...»

Gregor und Fedor brachen in ein schallendes Gelächter aus. Paul starrte mit weit aufgerissenen Augen seine Frau an ...

Durch Pauls lethargisches Verhalten waren seine Bewacher nachlässig geworden. Und so bemerkten sie die Veränderung nicht, die in ihm vorging, als Pias Beruhigungscode den Nano-Chip in seinem Hirn erreichte.

Sein Gesicht bekam Farbe, der Körper spannte sich ...

«LUCAS? WO IST LUCAS?», brüllte er plötzlich wie von Sinnen, bäumte sich auf und riss, als ob es ein Spielzeug wäre, die eiserne Kette, die ihn gefesselt hielt, aus der Verankerung an der Wand ...

Gregor duckte sich, die Kette sauste über ihn hinweg und traf den hinter ihm stehenden Fedor mit voller Wucht am Kopf. Mit einem Aufschrei fiel er auf den Boden und blieb stöhnend liegen.

Gregor versuchte, Paul die Kette zu entreissen, doch der hatte bereits wieder ausgeholt und schlug zu. Die eisernen Glieder wickelten sich um Gregors Hals ... Paul riss ihn zu Boden, kniete sich auf ihn und drückte zu ... Verzweifelt versuchte der Vergewaltiger, sich zu befreien, doch gegen die Kräfte eines Wahnsinnigen hatte er keine Chance.

So hatte Maja ihren Mann noch nie erlebt. Sein Gesicht hatte sich in eine Fratze der Zerstörung verwandelt, seine Augen glänzten blutunterlaufen. Es war entsetzlich. Trotz Pauls Ur-Gebrüll, bemerkte Maja, dass Fedor wieder zu sich kam ...

«Paul! Pass auf!», schrie sie. Doch der Russe war schon in der Küche verschwunden. Ein paar Sekunden später hielt er Paul eine Pistole an den Kopf: «Gib auf, du verdammter Idiot, oder ich blase dir die Birne weg!»

Fedor konnte nicht wissen, dass Pias zweiter 0-0-0-Befehl, der Paul wieder hätte beruhigen sollen, durch einen winzigen Übertragungsfehler den 0-0-01-Code vom limbischen System in Pauls Stammhirn katapultiert und dort einen Bereich seines Reptiliengehirns aktiviert hatte. Aus diesem Zustand heraus gab es für ihn nur drei Möglichkeiten: Erstarrung, Flucht oder Kampf. Die Erstarrung hatte er hinter sich gelassen, und vor der Flucht kam der Kampf.

Fedor hätte Paul noch so gerne sofort erledigt, doch dieser Idiot war scheinbar zu wertvoll. Ohne ihn würde das ganze Projekt scheitern. Was das für ihn, als einer der verantwortlichen Bewacher bedeutete, wusst er nur zu genau.

Paul riss die Kette von Gregors Hals und erhob sich. Fedor trat ein paar Schritte zurück ...

«Auf den Boden oder ich schiesse!», schrie er.

Maja war hinter ihren Mann getreten. Pauls Hand umklammerte die Kette ... In seinen Beinen spürte er die Kraft eines Panthers, in den Armen die eines Riesen, im Herzen den Mut eines Löwen, der sein Rudel verteidigt.

Fedor blickte wie gelähmt in die stark geröteten Augen eines Wahnsinnigen ... Und dann war es soweit: Der Panther sprang, der Riese schlug zu ... Fedor lag mit zerschmettertem Schädel auf dem Betonboden.

Maja nahm den Schlüsselbund an sich, schloss die Fessel an Pauls Handgelenk auf und verschwand in der Toilette. Paul warf mit irrem Blick die blutverschmierte Kette auf den Boden. Suchend schaute er sich um. Die Küche bestand aus Betonwänden, einer Ablage, auf der die Kaffeemaschine stand, einem Buffet, einem Kühlschrank und einem alten Holztisch mit vier verschiedenartigen Stühlen.

«Vardammti, varfluachti, huarri Saubandi ...», fluchte Paul mit hochrotem Gesicht.

Plötzlich ertönte Gregors Handy-Melodie. Paul kniete sich nieder, klaubte dem toten Russen das Telefon aus den Jeans und nahm den Anruf an.

«Alles in Ordnung?», fragte eine Männerstimme.

«Nichts ist in Ordnung, du verdammtes Arschloch!»,
schrie Paul und schmetterte das Handy an die Wand, wo
es in seine Einzelteile zersplitterte.

«Wer war das?», fragte Maja, die, notdürftig angeklei-
det und immer noch in Tränen aufgelöst, aus der Toilette
kam.

Paul zog sie an der Hand zur Tür.

«Wir müssen hier weg! So schnell als möglich!»

ROBERT UND CARMEN

In den letzten Tagen war das Leben mit Robert so
schlimm geworden, dass Carmen wie schon einmal vor
zehn Jahren – daran dachte, ihn zu verlassen. Damals
war der Versuch allerdings missglückt.

Roberts Killer hatten sie innert ein paar Tagen aufgespürt. Als sie eines Morgens das Haus verlassen hatte,
in dem Bea, ihre Freundin, ihr Unterschlupf gewährt
hatte, war sie von Battesta in ein Auto gezerrt worden.

Ein paar Tage später hatte ihr Robert eine Boulevardzeitung mit dem Bild ihrer Freundin vor die Füsse geworfen: UNBEKANNTE FRAU TOT AUFGEFUNDEN!

Carmen war weinend ins Bad gerannt, hatte die Tür
verschlossen und sich mit einer Rasierklinge die Puls-
adern aufgeschnitten. Robert hatte die Tür eingetreten,
ihr einen Druckverband angelegt und die Ambulanz gerufen.

Im Moment tigerte Robert mit dem Handy am Ohr auf
der Terasse hin und her.

Carmen öffnete das Fenster einen Spalt breit.

«Ja? Wie? Gottverdammte Scheisse! Wie konnte denn das passieren?»

Carmen wusste, was kommen würde. Robert begann zu toben. Und wie immer, wenn das so war, musste etwas daran glauben. Diesmal flog ein Liegestuhl ein paar Meter durch die Luft, landete im Pool, blieb sanft schaukelnd auf dem Wasser liegen und sank langsam auf den Boden des Bassins.

«Natürlich habe ich noch mehr Leute! Was glaubt ihr denn, wie ich sonst meine Aufträge erledigen könnte! Wie zu spät? Das könnt ihr nicht machen! Gebt mir noch eine Chance! Nur noch eine! – Verdammt!»

Carmen befürchtete einen Moment lang, dass Robert völlig durchdrehen würde. Vorsichtshalber liess sie die elektrisch betriebenen Storen herunter, um die gläserne Terassenfront vor möglichen Wurfgeschossen zu schützen.

Doch zu ihrer Überraschung stand Robert ruhig da, schob sein Handy in die Hosentasche und strich sich mit beiden Händen über die kurzen schwarzen Haare. Ein leichtes Kopfschütteln. Ein paar langsame Schritte über den Rasen ... Dann fiel er auf die Knie, wälzte sich auf den Rücken, legte die Hände unter den Kopf und schaute in den wolkenbedeckten Himmel.

Carmen öffnete die Terrassentür. «Was ist?»

«Man hat mich fallen lassen. Was bedeutet, dass mein Leben so gut wie zu Ende ist!»

«Wer hat dich fallen lassen und wieso?»

Carmen setzt sich neben Robert ins Gras und verliert sich in Gedanken. Sie findet sich im Spital wieder, nach ihrem Suizidversuch vor zehn Jahren.

Besuchszeit. Robert bringt Blumen. Schweigend sitzt er an ihrem Bett. Nach zehn Minuten steht er auf, drückt ihr einen Kuss auf die Stirn und geht wieder.

Carmen fühlt nichts als Leere. Wie kann sie einen Mann lieben, der ihre Freundin hat umbringen lassen?

Kurz bevor die Besuchszeit zu Ende ist, öffnet sich die Tür. Ein Mann um die Vierzig betritt das Zimmer. Carmen hat ihn noch nie gesehen.

«Hallo, darf ich mich setzen? Eine Frage nur, dann gehe ich wieder ...»

Carmen starrt den Unbekannten verwundert an, fragt sich, was er will.

«Wollen sie, dass der Tod ihrer Freundin irgendwann gerächt wird?»

Carmen überlegt kurz und nickt dann.

«Ok! Bitte geben sie mir ihre Handy-Nummer!»

Der Fremde tippt Carmens Nummer in sein Gerät, steht auf und verabschiedet sich mit den Worten: «Wir melden uns, wenn es so weit ist. Gute Besserung!»

«Und jetzt, was wirst du machen, Robert?»

«Untertauchen! Vielleicht habe ich eine Chance, wenn du mitkommst, als Paar fallen wir weniger auf ...»

Auf Carmens iPhone leuchtet eine Nachricht auf ... DIE ZEIT IST GEKOMMEN! 24 STUNDEN.

Carmen zuckt zusammen.

«Was ist?»

Robert richtet sich auf und reisst ihr das Handy aus der Hand ...»

PIA UND ILLONA

Pia stand um acht Uhr abends vor Frau Brenners Villa. Illona öffente die Tür und hiess sie willkommen. Dabei hielt sie ungewöhnlich lange Pias Hand und blickte ihr tief in die Augen.

«Bitte entschuldigen sie Frau Cerjak, ich befinde mich zum ersten Mal in meinem Leben in einer Situation, die mich ratlos macht. Was in der Firma passiert ist und das mit ihrem Vater, das war schon schwer genug zu verkraften. Doch was mein Sohn Thomas jetzt über unseren CEO herausgefunden hat …»

«Erzählen sie!», drängte Pia.

«Arnes Lebenslauf mit sämtlichen Abschlüssen an renomierten Universitäten sind zu hundert Prozent identisch mit denen eines Mannes, der vor über zwanzig Jahren in Oxford Wirtschaftswissenschaften studiert hat und dann, zusammen mit seiner jungen Frau, plötzlich spurlos verschwunden ist.»

PIA UND ARNE

Pia sitzt bei Arne im Büro und betrachtet eingehend ihren Chef. Etwas muss ihm ganz schön zugesetzt haben. Sein Gesicht ist gerötet, die grauen Augen blicken dunkel.

Ist es Zorn? Wut? Auf jeden Fall muss er sich massiv geärgert haben.

«Pia, eben habe ich erfahren, dass Paul sich, zusammen mit seiner Frau, befreien konnte.»

Pia verschlägt es die Sprache.

«Was? Du hast Kontakt zu den Entführern?»

«Nicht direkt, Pia. Nicht direkt! Ein Mann hat mich angerufen, der an unserer Technik interessiert ist. Er hat zugegeben, dass Paul durch seine Organisation entführt worden ist.»

«Und? Hast du das schon der Polizei gemeldet?»

«Noch nicht, Pia, es gibt verschiedene Gründe ...»

«Bist du etwa selbst in die Sache verwickelt?»

«Geht's noch, Pia!», herrscht Arne sie an.

«Was uns jetzt vor allem interessieren sollte, ist die Art, WIE Paul sich befreit hat!»

«Die Art? Wie hat Paul sich denn befreit?»

«Es sieht aus, als ob bei deinem letzten *Beruhigungsversuch* etwas schief gelaufen ist. Paul soll die Kette, mit der er gefesselt war, aus der Wand gerissen und damit die beiden Bewacher getötet haben.»

«Mein Gott!»

Pia schlägt die Hände vors Gesicht, steht auf, stemmt die Arme auf Arnes Schreibtisch und schreit: «Ich hab dir gesagt, dass es noch zu früh ist! Doch du hast ja nicht hören wollen! Nun ist Paul in einem Zustand, in dem er vielleicht noch mehr Leute umbringt!»

Arne erschrickt. «Du denkst, er ist auf dem Weg hierher?»

Pia starrt ihrem Chef eine Sekunde in die Augen. Was sie darin sieht ist Angst, ja Panik.

«Los, Arne, wir müssen sofort Pauls Aktivitäten kontrollieren! Vielleicht kann ich ihn noch stoppen!»

Pia rennt zur Tür, Arne hinterher.

PAUL UND MAJA

Wenn Arne und Pia etwas weiter gedacht hätten, wären sie darauf gekommen, was für Paul und Maja im Moment erste Priorität hatte: Lucas, ihr achtjähriger Sohn, von dem sie seit Tagen nichts gehört und gesehen hatten.

In dem Raum, in dem Paul und Maja gefangengehalten worden waren, gab es keine Fenster. Und auch in der Küche nicht. Was Paul von Anfang an vermutet hatte, bewahrheitete sich, als er die massive Betontür entdeckte. Er riss die metallene Schliessvorrichtung nach oben und stemmte sich dagegen. Langsam schwang das armdicke Teil nach aussen.

Paul steckte Gregors Handy ein und zog Maja durch einen langen dunklen Gang hinter sich her zum Ausgang. Neonröhren flackerten auf, es wurde hell. Paul betätigte einen Schalter an der Wand. Beinahe lautlos glitt das schwere Tor zur Seite.

«Sie haben uns in einem Bunker gefangengehalten, diese Schweine!», schrie Maja.

Ein paar Meter entfernt stand unter einer Tanne das Fahrzeug der Entführer. Abgeschlossen!

Paul rannte zurück in die Unterkunft. Nach kurzer Suche fand er in der Jacke des toten Russen die Autoschlüssel. Er setzte sich hinters Steuer und startete den Motor.

«Lucas?», fragte Maja.

«Lucas!», schrie Paul und raste die schmale Naturstrasse durch den Wald hinunter ins Tal.

Inspektor Klaus war die letzten Tage kaum zum Schlafen gekommen. Zusammen mit seiner Assistentin hatte er abwechselnd Pierre, Alfred und Lucas und, nachdem Rocco aus dem Spital entlassen worden war, die beiden Polizeibeamten vernommen.

«Also, wer hat euch beide beauftragt, Lucas abzuholen? Und woher konntet ihr wissen, wo sich seine Eltern aufhalten sollten? Seine zu diesem Zeitpunkt bereits entführten Eltern, wohlgemerkt!»

«Wir sollten ihn nur abholen ...», begann Rocco.

«Genau, nur zu Hause abholen!», wiederholte Ivo.

«So, so, nur abholen? Und danach wärt ihr mit ihm im Auto sitzen geblieben oder wie?»

«Nun, wir hätten auf einen Anruf gewartet ...»

«Einen Anruf? Von wem?»

Ivo schaute Rocco an. Rocco zuckte mit den Achseln.

Inspektor Klaus schüttelte den Kopf.

«Ganz egal, was ihr hier erzählt, ihr habt versucht, für jemanden ausserhalb eures Kompetenzbereiches als Beamte einen Auftrag zu erledigen. Dabei seid ihr auch noch durch eine Wiese gefahren und in einem Bach stecken geblieben ... Schöne Polizeibeamte seid ihr!»

Ivo und Rocco Ivo senkten die Köpfe.

«Ok, ich sehe, ihr wollt nicht reden, was an sich schon verdächtig ist! Nun, ich habe da einen Zeugen, der mir vielleicht helfen kann, Licht in die Angelegenheit zu bringen. Sein Name ist Pierre Montavon. Jemand hat versucht, ihn umzubringen ...

Ivo und Rocco hoben ruckartig ihre Köpfe.

«Kennt ihr diesen Mann etwa?»

Ivo räusperte sich. Rocco warf ihm einen warnenden Blick zu.

«Also, ihr kennt ihn. Pierre gehört zu den Leuten, die Lucas Eltern entführt haben, ist aber gleichzeitig ihr Freund und hat versucht, sie zu warnen. Der Killer, der ihn zum Schweigen bringen sollte, hat den Falschen erwischt und ist dabei von Mara erschossen worden.»

Ivo und Rocco zuckten zusammen.

«Das ist ...», begann Ivo.

«Das ist wer?», hackte Peter Klaus nach.

Roccos Gesicht lief rot an.

«Halt die Fresse, du verdammter Idiot!», herrschte er seinen jungen Kollegen an.

Ivo senkte den Kopf und schwieg.

«Ok, Jungs. Ich habe genug gehört.»

Der Inspektor stand auf und drückte auf den Türöffner an der Wand.

«Den könnt ihr mitnehmen!», knurrte er.

«Du weisst, was dir blüht, wenn du singst, Ivo!», brüllte Rocco, als er aus dem Raum geführt wurde.

«Willst du reden?», fragte Peter Klaus und trommelte mit den Fingern ein Stakkato auf die Tischplatte.

«Nur wenn ich eine eigene Zelle bekomme!»

«Ok, lässt sich machen. Wie hat alles angefangen?»

ROBERT, CARMEN UND BERT

«Die Zeit der Rache ist gekommen?», fragte Robert verwirrt. «Und was bedeuten die 24 Stunden?»

Carmen musste sich entscheiden. Im Moment war sie geneigt, ihre Rache zu vergessen. Vielleicht, weil Robert, nachdem, was er ihr erzählt hatte, sowieso ausgespielt hatte. Andererseits konnte sie den Mord an ihrer Freundin nicht vergessen.

«Ich weiss es nicht, Robert, der Absender ist mir unbekannt», antwortete sie leise.

«Bist du ganz sicher? Mir scheint, es sieht danach aus, als ob innert 24 Stunden etwas passieren soll ...»

Carmen blickte durch Robert hindurch. Erlebte noch einmal, wie er ihr die Zeitung mit dem Bild ihrer toten Freundin vor die Füsse geworfen hatte ... Sah seine kalten Augen, dachte an all die Menschen, die auf seine Anweisungen hin gefoltert und getötet worden waren. Damals. In seinem ersten Leben in Amsterdam. Mit fünfzehn hatte er sie unter seine Fittiche genommen. Carmen hatte ihn geliebt, ja bewundert. Als sie dann immer tiefer in seine Welt von Gewalt und Drogen hineingezogen worden war, hatte sie irgendwann jede Hoffnung auf ein besseres Leben aufgegeben.

Und jetzt diese Nachricht ... War es möglich, dass sie doch noch eine Chance bekommen würde?

BERT

Knapp hundert Meter entfernt befand sich ein Bauernhof, an dem der Zufahrtsweg zu Roberts Haus vorbeiführte. Carmen hatte ab und zu mit dem alten Bauer, der in der Einliegerwohnung im Parterre wohnte, geplaudert.

Bert hatte, nachdem seine Frau gestorben war, den Hof seinem Sohn übergeben. Obwohl er, wie er ihr einmal erzählt hatte, in seinem Leben um die dreissig Operationen gehabt hatte, half er immer noch auf dem Hof mit. Wenn es nichts zu tun gab, fuhr er mit seinem E-Bike auf den Alpen herum oder sass auf dem Bänklein unter der grossen Laube.

Robert hatte Bert kaum wahrgenommen, geschweige denn gegrüsst. Für ihn waren die Einheimischen nicht von Bedeutung. Er schätzte es, dass sie ihn in Ruhe liessen und keine Ahnung hatten, mit was für Geschäften er seinen Lebensunterhalt verdiente. Dass die Botschaft auf Carmens Handy etwas mit dem alten Bauer zu tun hatte, hätte er sich nicht in den kühnsten Träumen vorstellen können.

Der Grund, weshalb Bert sich auf einen Deal mit einem unbekannten Anrufer eingelassen hatte, war seine bescheidene Rente. Als der Hof noch ihm gehörte, hatte er viele Jahre erfolgreich mit Vieh gehandelt. Zu diesen Zeiten war sein Geldbeutel immer mit grossen Noten gefüllt gewesen. Er hatte sein Leben genossen. In den letzten Jahren hatte er sich jedoch immer mehr einschränken müssen. Sein Vermögen war geschrumpft wie Schnee an der Frühlingssonne.

Die Summe, die ihm der Anrufer für *einen kleinen Gefallen* angeboten hatte, war so enorm hoch, dass er ihn nicht hatte ausschlagen können.

Eines Tages hielt ein Auto vor dem Haus und ein junger türkischstämmiger Mann überreichte ihm ein längliches Paket.

Berts Herz begann schneller zu schlagen, als ein finnisches Sako TRG-42 Scharfschützengewehr mit Zielfernrohr und Schalldämpfer zum Vorschein kam. Auf dem Blatt Papier, das mit einem Gummiband am Lauf befestigt war, stand:

Tag und Zielobjekt wird bekannt gegeben.
Auftrag innert 24 Stunden ausführen!
Material an beiliegende Adresse zurücksenden.

Als Bert realisierte, was der *kleine Gefallen* von ihm verlangte, versucht er, den Auftrag zurückzuweisen. Vergebens. Der Mann am Telefon erklärte ihm, dass, weil das Geld bereits auf seinem Konto eingetroffen sei, er keine Wahl mehr habe. Falls er den Auftrag nicht erledige, befänden sich sein Sohn, die Schwiegertochter und die beiden Enkelkinder in Gefahr.

Als Bert dann per SMS den Namen des Zielobjekts erhielt, war er erleichtert, dass der Mann ihm nichts bedeutete. Was ihn mehr beschäftigte war, dass auch seine Partnerin davon betroffen sein würde.

Fünfhundert Meter vom Hof entfernt hatte man, als Bert noch ein Bub war, einen Teil der Wiesen aufgeforstet. Die kleinen Fichtenbabys waren inzwischen zu einem dichten Wald herangewachsen.

In Gedanken zog Bert eine Linie von Roberts Haus zum Rand des kleinen Waldes, von dem aus er, ohne entdeckt zu werden, seinem Sohn, der Schwiegertochter und den beiden Enkelkindern mit einem einzigen gezielten Schuss das Leben retten und auch noch das Geld auf seinem Konto behalten konnte.

Es war Anfang September, die Hochjagd hatte begonnen. Das Heu war eingebracht und das Vieh noch nicht aus der Alp zurück. Eine kurze Ruhezeit für die Bauern. Berts Sohn war mit Frau und Enkelkindern für eine Woche in die Ferien gefahren. Er war allein auf dem Hof, was die Umsetzung seines Auftrags enorm erleichterte.

Bert stand früh auf, trank einen Kaffee und packte – weil er vermutlich mehrere Stunden auf der Lauer liegen musste – Brot, Käse, eine Salami und eine Flasche Mineralwasser in den Rucksack. Dann schlüpfte er in seine grüne Jacke, schulterte das armeefarbene Futteral mit dem Gewehr, steckte die Schachtel mit den Spezial-Patronen in die Tasche und verliess, ein Liedlein pfeifend, den Hof.

Auf dem Weg zum Wäldchen kam ihm eine Joggerin entgegen. Manuela, seine Nachbarin. Bert zog den Hut tief in die Stirn und hoffte, dass sie ihn in Ruhe lassen würde. Fehlanzeige! Die Frau verlangsamte das Tempo und blieb keuchend stehen.

«Guten Morgen, Bert! Auch schon unterwegs?»

«Morgen!», knurrte Bert.

«Gehst du wieder auf die Jagd?»

«Ab und zu. Vielleicht habe ich Glück und mir läuft heute ein grosses Tier vor den Lauf!»

«Dann wünsche ich dir *Weidmanns Heil!* Und pass auf dich auf!», rief Manuela und joggte weiter.

Nach fünfzehn Minuten erreichte Bert das Wäldchen. Vorsichtig tastete er sich unter den Ästen durch, bis er freien Blick auf Roberts Haus hatte. Er zog das Gewehr aus der Hülle, befestigte das Zielfernrohr, schraubte den Schalldämpfer auf den Lauf und steckte die beiden Stützen in den weichen Waldboden. Dann zog er das Gewehr an die Schulter, stellte das Zielfernrohr scharf und wartete darauf, dass Robert aus dem Haus kam.

Es wurde neun Uhr. Bert bekam Hunger. Er öffnete den Rucksack, klappte sein Armeemesser auf, ass etwas, trank einen Schluck Wasser.

Endlich, es war beinahe Mittag, öffnet sich die Haustür. Carmen trat aus dem Haus, gefolgt von einem wütenden Robert.

«Welche Zeit und für wen?», brüllte er sie an.

«Du kannst mich schlagen oder auch töten, doch damit rettest du dich nicht, Robert. Ich habe all die Jahre zu dir gestanden, und nun verdächtigst du mich, dass ich mit deinen ...»

«Ja, sag es! Dass du mit den Leuten gemeinsame Sache machst, die mich abservieren wollen!», schrie Robert und schlug Carmen die Hand ins Gesicht.

Bert war schon in jungen Jahren ein ausgezeichneter Schütze gewesen. Er nahm die Munition aus der Tasche, lud durch und sah durchs Zielfernrohr wie Robert auf Carmen einredete und sie ins Gesicht schlug. Ein Verhalten, das Berts letzte moralische Bedenken in Luft auflöste.

Er legte den Finger an den Abzug und wartete darauf, dass Carmen sich von Robert entfernte ... Und dann war es so weit. Carmen setzte sich zur Wehr, riss sich los und rannte zum Haus ...

Robert blieb mit erhobenen Armen stehen und rief: «Wohin willst du, Carmen? Du hast niemanden ausser mir auf der Welt! Ohne mich bist du ein Niemand!»

Es waren die letzten Worte eines Kriminellen, der für duzende Morde und Greueltaten verantwortlich war.

Berts Kugel traf ihn unter dem linken Schulterblatt, durchborte sein Herz und riss beim Austritt ein faustgrosses Loch in seine Brust.

Ein paar Minuten später blickte Carmen aus dem Fenster. Robert lag mit ausgebreiteten Armen am Rand des Swimmingpools. Im ersten Moment dachte sie an einen Herzinfarkt und griff zum Handy ... Doch dann liess sie es bleiben. Insgeheim hoffte sie, dass ein Wunder geschehen war, und sie zum ersten Mal in ihrem Leben frei sein würde.

Irgendwann öffnete sie die Tür, lief mit kleinen vorsichtigen Schritten über den Rasen ... Dann sah sie das Blut. Es hatte sich unter Roberts Körper ausgebreitet und floss langsam über den Rand des Pools ins blaugrün schimmernde Wasser ...

Am nächsten Morgen stand Bert mit einer länglichen Verpackung am Postschalter in Tusa.

«Haben sie ihr Jagdgewehr verkauft», scherzte der Angestellte und legte das Paket auf die Waage.

«Ich jage nicht mehr, und ich brauche das Geld ...», murmelte der alte Bauer verlegen.

«Sechseinhalb Kilo. Macht neun Franken und siebzig Rappen», grinste der Beamte und legte Berts Packet in den Postwagen.

6. KAPITEL

PIERRE UND DER INSPEKTOR

Nachdem Ivo ein umfassendes Geständnis abgelegt hatte, war auch Pierre bereit, auszusagen.

«Ich bin Mitglied bei einer Organisation des organisierten Verbrechens. Meine Aufgabe besteht darin, den Nachschub sicherzustellen», erzählte er bereitwillig.

«Und wie machen sie das?», fragte der Inspektor.

«Der Handel mit Autos verschafft mir die Möglichkeit, mich mit bestimmten Leuten zu treffen.»

«Drogenhandel?»

«Nein, da meine Fahrzeuge an der Grenze immer durchsucht wurden, hat man sich etwas anderes einfallen lassen ...»

«Etwas anderes?»

«Es läuft so ab ...»

Pierre bekam plötzlich einen Hustenanfall, der immer heftiger wurde.

Peter Klaus öffnete die Tür des Vernehmungszimmers und rief: «Ein Glas Wasser, schnell!»

Doch niemand reagierte. Der Inspektor rannte in die Kantine. Nach ein paar Minuten kam er mit einem Glas Wasser zurück.

Inzwischen war Pierres Husten in ein gurgelndes Keuchen übergegangen. Er stand auf, machte ein paar Schritte, fiel auf die Knie und spuckte, auf beide Hände gestützt, Blut auf den Boden.

«Sie haben etwas ...»

Der Inspektor beugte sich zu ihm nieder.

«Sie haben was?»

Pierre gab keine Antwort. Er fiel auf den Boden, zuckte noch ein paar Mal, als ob er einen epileptischen Anfall bekommen hätte, und war dann plötzlich still.

«Vielleicht hat er eine Gift-Kapsel zerbissen, wie das so üblich ist in seinen Kreisen, wenn es keinen Ausweg mehr gibt», meinte der Arzt.

Der Inspektor schüttelte den Kopf.

«Nein, das glaube ich nicht. Dieser Mann war aufrichtig bereit, auszusagen. Er liess keine Anzeichen von Furcht oder Panik erkennen. Das muss etwas anderes gewesen sein!»

«Die genaue Ursache werden wir durch die Autopsie herausfinden. Sie werden benachrichtigt, sobald das Ergebnis vorliegt», sagte der Arzt.

PAUL UND MAJA

Paul war immer noch im Kampfmodus. Mit viel zu hoher Geschwindigkeit fuhr er durch die Waldwegkurven, touchierte irgendwann einen Baumstamm, der am Rand der Strasse lag, und kam ins Schleudern.

«Nicht so schnell, Paul!», schrie Maja und hielt sich mit aller Kraft am Türgriff fest. Paul beachtete sie nicht, und nachdem es ihm gelungen war, auf der Strasse zu bleiben, fuhr er im gleichen Modus weiter, bog direkt vor einem Lastwagen auf die Hauptstrasse ein, ignorierte das wilde Gehupe und fuhr mit stark überhöhter Geschwindigkeit durch eine Sechziger-Zone. Als er mit unvermindertem Tempo ins Dorf hinein rasen wollte,

zog Maja die Handbremse. Der Rover geriet ins Schleudern. Paul fluchte was das Zeug hielt, riss das Lenkrad
nach links, dann nach rechts und wieder nach links ...
Maja schrie: «Hast du den Verstand verloren!»

Paul brüllte: «Lass die Handbremse los!»

Maja liess sie los, was bewirkte, dass das Auto über
die Gegenfahrbahn hinaus geriet. Mit aufheulendem
Motor fuhr es das Wiesenbord hinunter und auf die
Betonmauer einer Kirche zu.

GOTTARDO

Es war Sonntagmorgen. Gottardo hatte eben die Predigt beendet und zum abschliessenden Gebet aufgeru-
fen. Die Gottesdienstbesucher standen in den Bänken
und beteten das Vaterunser.

Das «Vergib uns unsere Schulden, wie auch wir vergeben unseren Schuldigern ...» wurde von einem lauten
Knall unterbrochen, der entsteht, wenn Blech auf Beton
oder ein Auto gegen eine Mauer knallt.

Der Pfarrer beendete das Gebet, rief: «Da ist etwas
passiert!» und rannte, gefolgt von seinen Schäfchen, zum
Ausgang.

Weil der Lastwagenchauffeur, dem Paul den Vortritt
genommen hatte, sofort die Polizei benachrichtigt hatte,
dauerte es nur zehn Minuten, bis ein Streifenwagen mit
Blaulicht bei der Kirche eintraf. Kurz darauf war auch
der Krankenwagen da.

Paul war bewusstlos. Maja setzte sich neben ihn und
hielt während der kurzen Fahrt ins Spital Tusa seine
Hand.

Der Pfarrer, ein hagerer Mann mit kurzen gekrausten schwarzen Haaren, der den rechten Arm wegen eines *Unfalls mit dem Mountainbike* in einer Schlinge trug, kannte den Verunfallten. Und er wusste auch bereits, dass Juri, Marton, Battesta, Pierre und Robert, sein Capo, tot waren.

Nachdem der Krankenwagen weggefahren und die Leute nach Hause gegangen waren, begab er sich nochmals in die Kirche. Er nahm die Bibel, aus der er eben noch gepredigt hatte, schlug sie auf, legte den Zeigefinger auf eine beliebige Stelle und las mit lauter Stimme: *Wer in Unschuld lebt, der lebt sicher, wer aber verkehrte Wege geht, wird ertappt werden. Sprüche 10:9.*

Als er die Kirchentür schloss, in der er seit mehreren Jahren das Wort Gottes verkündet und Liebe gepredigt hatte, die alles verzeiht, murmelte er vor sich hin: *Der Herr hat's gegeben, der Herr hat's genommen, der Name des Herrn sei gelobt.*

In seiner Wohnung angekommen, stopfte er die schwarze Langhaarperücke, die er bei Pauls Entführung getragen hatte, in den Abfall und entsorgte den Sack im Müllcontainer vor dem Haus.

INSPEKTOR KLAUS UND MARA

Inspektor Klaus und sein Team sahen auf dem Überwachungsvideo einen hageren Mann mit schulterlangen schwarzen Haaren und dunkler Sonnenbrille. Nichts deutete auf seine wahre Identität hin.

«Ich schlage vor, wir schauen das ganze Video noch einmal genau an», schlug Mara vor.

«Irgendeinen Hinweis auf die Identität des Langhaa-rigen muss doch zu finden sein.»

Inspektor Klaus gab keine Antwort. Er starrte auf ein Blatt Papier, auf dem er sämtliche Vorkommnisse der letzten Tage notiert hatte.

1. ENTFÜHRER VON PAUL CANVAS:
   Der Glatzkopf   Im Spital erschossen.
   Der Hagere   Unbekannt!
2. DIE ZÜRCHERS:
   Die Frau (Maike)   Im Koma.
   Ihr «Vater»   Erdrosselt.
   Der Mann (Juri)   Tödlich verunfallt.
   ALFRED und LUCAS: Alfred verhindert, dass die
                       Zürchers Lucas entführen.
   PIERRE MONTAVON: Warnt Alfred, verunfallt
                       mit dem Motorrad, entgeht
                       einem Mordversuch, stirb
                       bei der Vernehmung.
3. ROCCO UND IVO: Polizisten. An der Entführung be-teiligt. Zusammenarbeit mit dem Glatzkopf und dem Hageren.
4. PAUL CANVAS: Dem Entführten gelingt, zusammen mit seiner Frau, die Flucht. Er fährt mit dem Auto in die Steinkirche. Im Moment nicht vernehmbar, seine Frau unter Schock.
5. DER MANN IM BERGDORF: Mit einer Schusswunde im Rücken tot aufgefunden. Seine Partnerin hat Angst, auszusagen. Weshalb?
6. TOTE: Fünf! – Herr Zürcher (Juri) – Der Glatzkopf – Der alte Mann im Spital – Pierre Montavon – Der Mann im Bergdorf.

«Mara, nachdem, was Pierre ausgesagt hat, gehören die beiden Entführer – der Glatzkopf und der Hagere – der alte Mann im Spital, Pierre selbst und auch der Mann im Bergdorf zu ein und derselben Organisation. Der Erste ist am Heinzenberg tödlich verunfallt (Juri), den Zweiten (Marton) hat vermutlich die Frau, die das Gedächtnis verloren hat (Mirka), im Spital umgebracht, bevor er sie ausschalten konnte, und der Dritte (Battesta) wurde von dir in Notwehr erschossen. Pierre und der Mann aus dem Bergdorf (Robert) scheinen eliminiert worden zu sein, wobei wir bei Pierre noch nicht wissen, woran er gestorben ist. Egal mit welchem Zweig des organisierten Verbrechens wir es zu tun haben, das Vorgehen ist immer dasselbe. Verräter werden eliminiert. So wie es aussieht, ist nur noch der geheimnisvolle Hagere dieser Gruppe am Leben!»

«Ich denke, es müsste möglich sein, ihn zu finden. Da er angeschossen wurde, könnte er sich in medizinische Behandlung begeben haben. Ich schlage vor, dass wir sämtliche Ärzte in der Gegend abfragen ...»

«Geht leider nicht, Mara! Das Arztgeheimnis verbietet jede Auskunft über behandelte Patienten.»

«Das darf doch nicht wahr sein!», rief Mara.

«Also gut, dann suchen wir einfach nach einem Mann, der den rechten Arm in der Schlinge trägt.»

Mara startete das Video der Überwachungskamera beim Firmen-Eingang.

Der Inspektor setzte sich auf einen Stuhl und rollte sich zu ihrem Arbeitsplatz.

«Ich lasse die Aufzeichnung ganz langsam laufen. Wir müssen jedes Detail beachten!», erklärte sie ihrem Chef.

Peter Klaus blickte seine Assistentin von der Seite an. Ihr Gesicht glühte vor Eifer. Mit blitzschnellen Mausklicks steuerte sie den Ablauf des Videos. Hielt es mit der Leertaste an, startete es wieder, liess es vor und zurücklaufen. Peter war beeindruckt von ihrem Können, ihrem Einsatz.

«Da, sehen sie! Der Glatzkopf greift unter die Jacke, zieht die Waffe hervor, bringt sie in Anschlag, schiesst, und im gleichen Sekundenbruchteil fällt der Security vom Stuhl.»

Mara spulte nochmals zurück und langsam wieder vor. Die Hand mit der Waffe bewegte sich in Zeitlupe, zeigte auf den Security ...

«Da! Der Security fällt nach hinten, bevor das Mündungsfeuer aufblitzt!»

Peter Klaus griff sich an die Stirn.

«Dann gibt es nur eine Erklärung: Herr Cerjak hat mitgespielt. Ob freiwillig oder unter Zwang, das müsste herauszufinden sein!»

«Gute Arbeit!», murmelte der Inspektor und legte anerkennend eine Hand auf Maras Schulter.

ALFRED, LUCAS UND MAJA

«Wir können sie nicht festhalten, Alfred», hatte Peter Klaus dem alten Mann vor zwei Tagen erklärt.

«Der Besitz eines Karabiners ist nicht verboten. Immerhin haben sie damit die Entführung von Lucas verhindert. Da sie damit jedoch auf einen Beamten geschossen haben, müssen wir ein Verfahren gegen sie eröffnen.»

«Ich möchte nach Hause!», jammerte Lucas.

«Das kann ich verstehen, Lucas. Doch da deine Eltern noch nicht gefunden wurden, wärst du ganz allein. Deshalb denken wir, dass du …»

«Alfred ist doch da. Er wird auf mich aufpassen!»

Alfred räusperte sich.

«Nun ja, eigentlich finde ich das keine schlechte Idee. Ich passe auf Lucas auf und er auf mich. Wir haben ja bewiesen, dass wir zusammen ein unschlagbares Team sind!»

Peter Klaus betrachtete mit einem Lächeln den gebrechlichen neunzigjährigen Mann und den aufgeweckten Buben.

«Es gibt da gewisse Vorschriften … Die ich in diesem Fall jedoch ausnahmsweise nicht befolgen werde. Ich lasse euch beide unter der Bedingung gehen, dass Lucas bei ihnen wohnt, Alfred, und jeden Tag eine Betreuerin nach dem Rechten schaut. Einverstanden?»

«Juhiii!», rief Lucas, sprang auf und legte die Arme um den Bauch des Inspektors.

Peter Klaus war im Verlauf seiner Berufsausübung noch nie von jemandem umarmt worden. Er räusperte sich verlegen, stand auf, öffnete die Tür und rief einen Beamten, der die beiden nach Hause fahren sollte.

Zwei Tage später. Lucas sitzt mit Maja auf der Bank vor dem Haus. Alfred werkelt in seinem Garten herum.

«Was ist mit Papa geschehen, Mama? Ist er krank?», fragt Lucas besorgt.

«Lucas, Papa ist schon seit Monaten verändert. Und jetzt, durch diese Entführung, ist alles noch schlimmer geworden. Die Ärzte reden von einer posttraumatischen

Belastungsstörung, doch ich denke, sie wissen nicht wirklich, was mit deinem Vater passiert ist.»

«Was ist denn mit ihm geschehen?»

Maja seufzte und legte einen Arm um Lucas.

«Genau kann ich das nicht sagen. Es sieht fast aus, als ob er fremdgesteuert würde.»

«Fremdgesteuert? Wie meinst du das, Mama?»

«Während der Gefangenschaft war er manchmal völlig ruhig und teilnahmslos, doch dann ist er plötzlich ausgerastet und hat die beiden Bewacher getötet.»

«Wow! Papa hat diese Männer getötet?»

«Es waren böse Menschen, Lucas. Sie haben es verdient!»

«Hast du dem Inspektor davon erzählt?»

«Natürlich, ich habe alles gesagt, was ich wusste. Auch, dass Pierre versucht hat, uns zu retten, obwohl er auch zu den Entführern gehört hat.»

«Und jetzt, gehört er nicht mehr dazu?»

«Nein, Pierre ist jetzt an einem ganz anderen Ort.»

«Wieso? Ist er gestorben?»

Majas Augen füllten sich mit Tränen.

«Ach Scheisse! Du hast ihn gern gehabt, und jetzt ist er tot. Und Papa, hast du ihn auch noch gern?», fragte Lucas traurig.

«Natürlich, Lucas. Ich habe deinen Vater immer gern gehabt. Aber seit er sich so verändert hat, finde ich keinen Zugang mehr zu ihm.»

Als Pia erfuhr, dass Paul im Krankenhaus lag und Maja wieder zu Hause war, stieg sie sofort ins Auto. Nach einer halben Stunde fuhr sie die engen Kurven hinauf nach Valpra, bog rechts ab und sah kurz darauf die vom Blitz gespaltene Eiche.

«Pia!», rief Maja und fiel ihrer Freundin um den Hals.

«Maja! Mein Gott bin ich froh, dass du und Paul noch leben! Komm! Erzähl, was geschehen ist!»

Pia setzte sich zu ihrer Freundin auf die Bank, und Maja begann zu erzählen. Als sie hörte, dass Paul sich in eine Art Monster verwandelt, die Kette aus der Wand gerissen und die beiden Wachen damit getötet hatte, schlug sie stöhnend die Hände vors Gesicht.

«Pia, was ist?», schniefte Maja.

«Was ich dir sagen muss, Maja, ist so schlimm, dass ich es am liebsten für mich behalten würde. Doch du und Paul, ihr habt ein Anrecht darauf zu wissen, was geschehen ist, wer dafür die Verantwortung trägt, und wie es so weit kommen konnte.»

Maja erschrak und hörte auf zu weinen. Pia legte einen Arm um ihre Schultern.

«Unsere neueste Erfindung ist ein Nano-Chip auf chemisch-biologischer Basis, an dessen Entwicklung ich in den letzten Jahren massgeblich beteiligt war. Paul hat mich mit seinem Team entscheidend unterstüzt. Doch trotzdem wir schon viel erreicht hatten, wollte Arne, unser CEO – wohl auf Druck des Verwaltungsrates – nicht zuwarten, bis zuverlässige Tests vorlagen und hat, ohne mein Wissen, Paul den ersten Nano-Chip injiziert ...»

«Aber, Pia ... Paul hat mir nichts davon erzählt!»

«Konnte er auch nicht. Der Chip ist mit einer fingierten Blut-Entnahme in seinen Körper gelangt.

«Das heisst, man hat ihm ohne sein Wissen, ohne sein Einverständnis, etwas gespritzt?»

«Leider ja, Maja. Auch ich habe nichts davon gewusst.»

«Verhält Paul sich deshalb so seltsam?»

«Arne hat mir erst nach der Entführung gebeichtet, zu was er deinen Mann missbraucht hat. Zusammen haben wir dann Pauls Verhalten auf dem Bildschirm überwacht und versucht, ihn in einen Modus zu bringen, der ihm helfen würde, zu überleben. Leider war es dann zu viel des Guten. Durch den letzten Code, der ihn beruhigen sollte, ist der Chip vermutlich in sein limbisches System gelangt und hat dort Erinnerungen aktiviert, die eine massive Kraft und Zerstörungswut in ihm ausgelöst haben.»

«Das ist ja furchtbar, Pia! Dieser Chip muss sofort aus Pauls Körper entfernt werden! Hörst du! Sofort!»

Pia schwieg. Maja schaute sie entsetzt an.

«Sag nicht, dass es nicht möglich ist! Wenn Paul für immer in diesem Zustand bleibt … Ich weiss nicht, was ich dann tue. Auf jeden Fall werde ich deinen CEO einklagen! Was der gemacht hat, ist kriminell!»

PETER KLAUS UND CARMEN

Peter Klaus war, wie er glaubte, nach der Einvernahme von Pierre, Maja und Ivo der Wahrheit ein grosses Stück näher gekommen.

Die Frau, die ihm jetzt gegenüber sass, hatte mit dem Toten aus dem Bergdorf zusammengelebt. Der Inspektor hoffte, dass sich seine Vermutung bestätigen würde, dass ihr Freund oder Lebenspartner, wie schon Ivo erzählt hatte, etwas mit der Entführung zu tun hatte.

«Ich habe Angst, dass sie mich umbringen werden, wenn ich rede ...», sagte Carmen leise.

«Wer sind diese Leute?», fragte der Inspektor.

«Ich kenne sie nicht. Robert hatte nur telefonisch mit ihnen Kontakt. Er hat seit Jahren mit seinen Leuten Aufträge, wie zum Beispiel diese Entführung, für sie erledig. Es ist das erste Mal, dass er damit nicht erfolgreich war.»

«Wie war ihr Verhältnis zu ihm?»

Carmen starrte abwesend über den Inspektor hinweg. Für sie war, obwohl Robert ihre Freundin hatte töten lassen, eine Welt zusammengebrochen. Sie fühlte sich schuldig an seinem Tod, weil sie Rache geübt hatte. Seine letzten Worte, dass sie niemanden ausser ihm habe, entsprachen ziemlich genau der Wahrheit. Robert hatte sie die letzten Jahre nie aus den Augen gelassen. Schon die wenigen Worte, die sie ab und zu mit Bert, dem alten Bauer, gewechselt hatte, hatten jedes Mal dazu geführt, dass er ihr Vorwürfe gemacht hatte. Ab und zu war er sogar völlig ausgeflippt.

Lebensmittel und Getränke hatten Battesta, Gottardo oder Marton eingekauft. Falls Robert ausnahmsweise mit ihr in die Stadt gefahren war, dann immer mit zwei von seinen Leuten, die ihnen auf Schritt und Tritt gefolgt waren.

«War er ein Anführer, ein Capo?»

Carmen schwieg.

«Ich verstehe, dass sie Angst haben, Carmen. Ich weiss auch, dass sie berechtigt ist. Diese Leute wissen, dass sie bei mir sind, und natürlich nehmen sie an, dass sie reden werden. Wenn sie erzählen, was sie wissen, haben wir eine Chance, in diesem Fall weiterzukommen. Und wir können sie beschützen.»

«Das wird nicht so einfach sein. Was ich in all den letzten Jahren gelernt habe ist, dass niemand vor ihnen sicher ist. Sie haben ihre Leute überall. Sogar bei der Polizei.»

«Sie haben gewusst, dass zwei unserer Beamten für ihren Freund gearbeitet haben?»

Carmen schaute den Inspektor traurig an.

«Es gibt noch mehr davon ...»

«Mehr von unseren Leuten? Kennen sie die Namen?»

«Nein, aber ich habe gehört, wie Robert mit Männern telefoniert hat, die in der Gesellschaft Führungspositionen einnehmen. Politiker, Anwälte, Beamte ... Sogar ein Pfarrer war dabei ...»

«Und woher wissen sie das?»

«Robert hatte ein starkes Mitteilungsbedürfnis. Er war sehr einsam und hat mir blind vertraut. Ab und zu ist er in ein psychisches Loch gefallen. Dann hat er sehr viel getrunken und immer wieder von einflussreichen Leuten erzählt, die, wie er, für die Firma arbeiten würden. Er hat übrigens oft das Wort FIRMA benutzt ...»

«Und hat er wirklich keine Namen genannt?»

«Doch schon, aber ich habe sie vergessen.»

PIA UND DER INSPEKTOR

«Ich werde alles diesem Inspektor Klaus erzählen, Maja. Sicher wird es ihm helfen, den Drahtziehern hinter der Entführung auf die Spur zu kommen.»

Pia stand auf, umarmte Maja zum Abschied, stieg in ihren Suzuki und rief den Inspektor an.

«Kriminalpolizei, Inspektor Klaus.»

«Pia Cerjak hier. Herr Klaus, ich muss mit ihnen über den Entführungsfall reden.»

Eine Stunde später sass Pia dem Inspektor in seinem Büro gegenüber.

«Ich habe mit meinem Team den Nano-Chip entwickelt, der Paul, ohne mein und sein Wissen und Einverständnis, verabreicht wurde.»

«Was denn für einen Chip?», fragte Klaus verwirrt.

Pia erzählte dem Inspektor, was es mit diesem Chip auf sich hatte, dass Arne, der Firmen-CEO, Paul als Versuchskaninchen benutzt hatte ... Und ganz zuletzt noch von dem Gespräch mit Illona Brenner, der Firmeninhaberin.

«Was? Dieser Arne ist ...»

«Nicht der, dessen Auszeichnungen er trägt», vollendete Pia den Satz.

«Weiss er, dass sie das wissen, Frau Cerjak?»

«Nein! Frau Brenner und ich haben beschlossen, vorerst nichts zu unternehmen, weil wir vermuten, dass er Teil einer Organisation ist, die durch ihn an die Forschungsergebnisse der Firma gelangen will. Frau Brenner möchte auf weitere Informationen ihres Sohnes, der bei der CIA arbeitet, warten.»

«Soso, ihr Sohn arbeitet bei der CIA ...», murmelte der Inspektor vor sich hin.

«Und wie passt, ihrer Meinung nach, das Ganze mit der Entführung von Paul Canvas zusammen?»

«Arne Hansson ist telefonisch von einem Mann darüber informiert worden, dass seine Organisation hinter der Entführung steckt. Dieser Mann hat es gar nicht geschätzt, dass Paul zwei seiner Leute getötet hat.»

Der Inspektor war es gewohnt, einen klaren Kopf zu behalten. Doch jetzt verlor er, trotz der vielen Notizen, die er auf mehrere Blätter gekritzelt hatte, langsam die Übersicht.

«Natürlich, die beiden Bewacher ... Leider haben unsere Leute den Bunker noch nicht gefunden. Ihre Freundin konnte keine genauen Angaben machen. Wir müssen warten, bis ihr Mann so weit ist ...»

«Das könnte dauern», murmelte Pia.

«Weshalb?»

«Weil wir ihn vorher über den Nano-Chip beruhigen müssen. Wenn uns das nicht gelingt, haben wir ein Problem, ein sehr grosses Problem.»

«Nicht nur eines, vermute ich, Frau Cerjak! Ich denke, wir sollten Paul so schnell als möglich in Sicherheit bringen. Jetzt, da die Entführung gescheitert ist, hat er keinen Wert mehr für diese Leute.»

Der Inspektor drückte auf die Gegensprechanlage.

«Mara, wir fahren sofort ins Spital. Paul Canvas ist in Gefahr. Wie so was abläuft, wissen wir ja schon.»

GOTTARDO

Gottardo, der Pfarrer der reformierten Kirchgemeinde, war auf dem Weg ins Tessin. Er brauchte, nach all dem, was schief gelaufen war, ein paar Tage Ruhe. Dem Kirchgemeindepräsidenten hatte er eine SMS geschickt: *Bin bis und mit Samstag abwesend.*

Das Rustico im Verzascatal hatte er erworben, als er noch nicht Teil der Organisation gewesen war. Mit Dana, seiner damaligen Freundin, die sich vor zwanzig Jahren von ihm getrennt hatte, weil etwas geschehen war, das ihm immer noch Albträume bereitete.

Links und rechts der schmalen Strasse, die von der Hauptstrasse durchs Tal zu seinem Besitz hinauf führte, lagen grosse von Moos überwachsene Felsbrocken zwischen den Laubbäumen. Gottardo fuhr vorsichtig Kurve um Kurve den Berg hinauf. Nach einer halben Stunde passierte er eine Brücke, unter der ein Bach hindurchfloss, der über Felsen, die das Tal umrahmten, in die Tiefe stürzte. Dann sah er sein Rustico. Hundert Meter entfernt, zwischen zwei Felsbrocken.

Gottardo hielt an und beobachtete durchs Fernglas sein Feriendomizil. Nichts regte sich. Die massiven Fensterläden waren geschlossen, der Unterstand, der als Garage diente, stand leer. Auf halbem Weg zum Rustico krachte ein Schuss ...

Gottardo sah das Loch in der Windschutzscheibe, duckte sich, löste den Sicherheitsgurt und würgte den Motor ab. Dann warf er sich der Länge nach auf den Beifahrersitz, riss das Handschuhfach auf und griff nach seiner Pistole.

«Verdammte Scheisse! Was soll das!», murmelte er und überlegte fieberhaft, wer ihm aufgelauert haben könnte und aus welchem Grund.

Die junge Frau lag hinter einem Felsbrocken und beobachtete durchs Zielfernrohr Gottardos Auto. Als sich nach fünf Minuten nichts regte, stand sie auf und lief mit dem Gewehr im Anschlag über die Weide.

Dana war Atheistin. Sie hatte keine Skrupel, einen Menschen umzubringen, der, ihrer Meinung nach, durch Zufall entstanden war, nur einmal lebte und nur aus Haut, Knochen, Muskeln, Sehnen, Innereien, Herz und einem Gehirn bestand, das je nach Bedarf Gedanken, Gefühle und Wünsche kreierte, die zu Handlungen führen konnten, wie die, die sich Gottardo hatte zuschulden kommen lassen. So wie sie es sah, gab es keinen Grund, nicht Rache zu üben, wenn man im Recht war. Moral und Ethik hatten natürlich eine gewisse Berechtigung für das gesellschaftliche Zusammenleben. Doch das hier hatte weder mit Moral noch mit Ethik zu tun. Der Mann, auf den sie geschossen hatte, hatte es verdient, ausgelöscht zu werden, auch wenn er als Pfarrer die Liebe Gottes predigte.

«Gottardo, lebst du noch?», rief sie, als sie auf zehn Meter herangekommen war. Keine Antwort. Nur das Rauschen des Baches war zu hören.

«Scheisse!», flüsterte Gottardo vor sich hin.

«Dana! Die hat mir gerade noch gefehlt! Was zum Teufel macht die hier?»

«Komm raus, wenn du mich hören kannst! Sonst schiesse ich durch die Tür!»

Gottardo wartete eine Sekunde zu lang. Die nächste Kugel durchschlug beide Beifahrertüren.

«OK, ich komme!»

Gottardo sprang aus dem Auto.

«Wirf sie zu mir!»

Er hob vorsichtig seine Waffe am Lauf hoch und warf sie Dana vor die Füsse.

«Wie zum Teufel kommst du dazu, Jagd auf mich zu machen, Dana? Wir waren doch einmal Freunde!»

«Freunde? Dass ich nicht lache! Die Vergangenheit hat dich eingeholt, Gottardo!»

«Oh Gott, Dana! Wenn es das ist, was ich vermute, dann hast du aber lange zugewartet.»

Dana senkte das Gewehr.

«Lass uns reden, Gottardo. Ich gebe dir noch eine Chance.»

MAIKE

Maike war noch nicht aus dem Spital entlassen worden. Was daran lag, dass sie behauptete, sich an nichts erinnern zu können. Die Diagnose des Neurologen war nicht ganz zutreffend. Maike hatte Marton erkannt und gewusst, was sie tat, als sie ihn umbrachte. Nun hoffte sie, namenlos aus dem Spital verschwinden zu können. Sie wollte untertauchen und versuchen, irgendwo ein neues Leben anzufangen. Doch soweit kam es nicht.

Als sie sich eines Morgens im Spitalgang aufhielt, öffnete sich die Tür eines Krankenzimmers. Ein Pfleger schob ein Bett mit einem Patienten auf den Gang. Als er an Maike vorbeikam, kingelte sein Handy.

«Ja? Hab grad keine Zeit! Wie? Ok, ich komme!»

Der Pfleger schob das Bett an die Wand, arretierte es, entschuldigte sich und eilte zum Aufzug.

Der Patient begann mit Maike zur plaudern, erzählte etwas von einer Entführung und einer Gefangenschaft, aus der er entronnen sei.

Maike wurde hellhörig und begann, Fragen zu stellen. Bald war klar, dass dieser Mann der Vater des Buben war, den sie und Juri hätten entführen sollen.

«Paul», sagte er und reichte ihr die Hand.

«Irene Zürcher», antwortete sie ohne zu überlegen, dass es nicht ihr richtiger Name war.

In diesem Moment eilte ihr Neurologe vorbei, stutzte, kam zurück und fragte: «Irene Zürcher? Sie erinnern sich an ihren Namen?»

«Jaaa, scheinbar», stammelte Maike erschrocken und wollte davonlaufen. Doch der Arzt stellte sich ihr in den Weg.

«Dieser Mann hier, das ist Paul Canvas, der Vater von Lucas, der von einem Ehepaar Zürcher entführt werden sollte. Sind sie wirklich diese Frau?»

«Ich weiss nicht, wovon sie reden, Herr Doktor», stammelte Maike.

«Was? Sie wollten meinen Lucas entführen?»

Paul sprang aus dem Bett und fiel über Maike her.

Maike war jung und kannte sich mit Kampftechniken aus. Nach drei Sekunden lag Paul am Boden.

In diesem Moment öffnete sich der Etagenlift. Inspektor Klaus und Mara Capaul traten auf den Gang, erkannten die Situation und eilten zu Hilfe.

«Sie sagte, sie heisse Irene Zürcher!», erklärte der Neurologe dem Inspektor.

«So, so ... Sie sind also diese Frau Zürcher», murmelte Peter Klaus.

«Interessant, interessant!»

Maike wurde in Gewahrsam genommen. Paul vom Inspektor in sein Zimmer begleitet, wo er sich anziehen konnte. Etwas später lief er mit Peter Klaus zum Ausgang. Nichts deutete darauf hin, dass sein Reptilienhirn immer noch aktiv war.

PIA, ARNE UND HORST

Arne stand mit verschränkten Armen in Pias Labor. Die Biochemikerin war stinksauer.

«Es muss etwas geschehen, Arne! Irgendwie müssen wir Paul stabilisieren!», keifte sie.

Arne zuckte mit den Schultern.

«Sogar ich als Nicht-Fachmann weiss, dass, wenn die Ur-Einheit des menschlichen Gehirns einmal beschädigt oder beeinträchtigt ist, nichts mehr zu machen ist. Niemand kann da noch eingreifen. Die einzige Möglichkeit, die uns bleibt, besteht darin, ihn ruhig zu stellen!»

«Du willst Paul mit Medikamenten ruhig stellen? Und damit ist für dich der Fall erledigt? Das darf doch nicht wahr sein! Es muss eine Möglichkeit geben, diesen Chip mit einem Code zu erreichen. Es MUSS!»

Es klopfte. Herein spazierte Horst, Pias Vater.

«Papa, was machst du da? Du darfst nicht in mein Labor! Deine Sicherheitsstufe ...»

«Er darf, ausnahmsweise!», hörte sie Arnes Stimme.

«Wieso? Was ist los?», rief Pia.

«Wir müssen reden», antwortete ihr Vater.

«Wie? Worüber reden?»

«Über Paul.»

«Es ist Zeit für die Wahrheit», begann Arne.

«Paul ist von einer Mafia-Organisation entführt worden. Und jetzt, da ihm die Flucht gelungen ist, und er bereits von der Polizei verhört wird, müssen wir handeln.»

«Wie handeln?»

«Paul muss aus dem Spiel. Er hat keinen Wert mehr für uns! Er kann nur noch schaden!»

Pia stellte sich kampfbereit vor ihren CEO.

«Wie schaden? Wem? Und warum?»

Horst legte seiner Tochter eine Hand auf den Arm ...

«Pia, glaub mir, es geht nicht anders!»

«Wie? Was hast denn du damit zu tun, Papa? Du bist nur ein Security ... Paul ist ein Freund von mir. Ich werde das nicht zulassen!»

PAUL UND DER INSPEKTOR

Peter Klaus hatte keine Ahnung, was in dem Mann ablief, der ihm im Vernehmungsraum gegenübersass.

Was ihm Pia von diesem Nano-Chip erzählt hatte, den man ihm scheinbar injiziert hatte, kam ihm zu fantastisch vor, als dass er es ernst nehmen konnte. Zudem machte Paul einen sehr friedlichen Eindruck.

«Also, Herr Canvas. Erzählen sie mir von Anfang an, was mit ihnen und ihrer Frau passiert ist.»

Paul starrte den Inspektor eine Sekunde lang an und begann dann mit leiser Stimme zu erzählen. Als er auf die Entführer zu sprechen kam, begann sein Körper zu zittern, als ob er frieren würde. Der Inspektor beobachtete ihn aufmerksam und bemerkte, wie sich sein Gesichtsausdruck veränderte.

Pia sass an ihrem Computer und suchte verzweifelt nach einer Lösung. Irgendwann hatte sie einen Code entwickelt, der den Nano-Chip im Notfall neutralisieren sollte, jedoch war er nie erprobt worden.

Paul kam mit seinem Bericht zu Majas Vergewaltigung. Er habe nicht handeln können, sei nur dagesessen und habe nicht einmal genau gewusst, wer die Frau sei, erzählte er mit leiser Stimme. Sein Gesicht begann zu zucken, und dann liefen ihm Tränen über die Wangen.

Pia war so weit. Arne schaute gebannt zu, wie sie auf dem Bildschirm den winzigen Empfänger in Pauls Hirn lokalisierte, kurz zögerte und dann die Enter-Taste drückte.

Der Inspektor wollte Paul gerade sein Taschentuch reichen, als der plötzlich aufsprang, seinen Stuhl ergriff und ihn mit einem Schrei auf den Tisch schmetterte.

Die Tür flog auf, drei Polizeibeamte stürzten ins Zimmer. Doch Paul war nicht zu bändigen. Er schlug wie ein Irrer um sich, traf den einen am Kopf, den anderen in den Magen, dem dritten legte er beide Hände um den Hals und würgte ihn ...

Peter Klaus fuchtelte mit seiner Pistole herum.

«Halt, oder ich schiesse!», schrie er.

Doch Paul reagierte nicht. Erst als ein Warnschuss die Deckenleuchte zertrümmerte, liess er den Gewürgten los.

In diesem Moment erreichte Pias Code den Nano-Chip in Pauls Hirn. Paul erstarrte, machte noch ein paar Schritte und fiel dann wie ein gefällter Baum zu Boden.

Der Inspektor kniete sich nieder, hielt einen Finger an seine Halsschlagader und schüttelte den Kopf.

«Der steht nicht wieder auf!», murmelte er, stützte sich mit Mühe auf die Beine und liess sich stöhnend auf einen Stuhl fallen.

Gottardo lief Dana voraus zum Rustico.

«Du kannst das Gewehr weglegen! Ich verspreche dir, dass ich keine Probleme machen werde», rief er über die Schulter zurück.

«Mach die Tür auf, geh ins Wohnzimmer und setz dich auf die Couch beim Kamin! Dort liegen ein paar Handschellen. Leg die eine um dein rechtes Handgelenk, die andere befestigst du an einem der eisernen Ringe am Kamin!

Gottardo liess sich auf die Couch fallen und fesselte sich, wie Dana befohlen hatte.

«Seit wann gibt es diese Ringe hier?»

«Seitdem du mich als Sklavin missbraucht hast!»

«Mein Gott, das habe ich ganz vergessen. Es war ein Spiel, Dana … Du hast es doch auch gewollt, … Und es hat dir gefallen, oder?»

Dana stellte das Gewehr an die Wand und verschwand im Nebenraum. Als sie zurückkam, hielt sie ein Seil in der Hand.

«Was hast du vor? Ich dachte, wir wollten reden, eine Lösung finden?»

«Auch das ist nur ein Spiel! So wie vor zwanzig Jahren als du mich deinen Kumpels ausgeliefert hast!», antwortete Dana, während sie das Seil verknotete.

«Willst du mich hängen?», schrie Gottardo entsetzt.

«Natürlich!»

Dana warf die Schlinge um seinen Hals. Gottardo versuchte, sich davon zu befreien, doch Dana war darauf vorbereitet. Blitzschnell schlang sie das Seil um seine Fussgelenke und zog es durch den zweiten Eisenring.

Gottardo hing jetzt, um Luft ringend, einen halben Meter über dem Boden am Kamin.

«Scheisse Dana! Was machst du da? So war das nicht abgemacht!», gurgelte er.

«Gar nichts war abgemacht! Ausser, dass wir reden würden. Unter welchen Umständen das Gespräch geführt wird, bestimme ich! Vergiss nicht, ich wollte dich töten. Doch weil wir einst Freunde waren, habe ich beschlossen, dir noch eine Chance zu geben. Ich frage, du antwortest! Verstanden?»

Gottardo nickte ergeben.

Dana setzte sich in den alten Ledersessel gegenüber dem Kamin und richtete die Beretta auf ihren Ex-Freund.

«Frage: Was musstest du tun, um in die Organisation aufgenommen zu werden?»

«Ach Dana, das weisst du doch …»

«Ich will es von dir hören!»

«Ok, ich musste jemanden umbringen, als Eintrittsprüfung, das war alles …»

«Und wie kommt ein Pfarrer wie du dazu, einen Mord zu begehen?»

Gottardo seufzte.

«Je mehr ich von Licht und Liebe gepredigt habe, desto stärker ist das Gegenteil in mir wach geworden. Ich brauchte eine Art Ausgleich.»

Dana schraubte den Schalldämpfer auf die Mündung.

«Es war abgemacht, es war geplant, oder?»

«Scheisse, ja! Die haben es gewollt. Es tut mir leid!», schrie Gottardo verzweifelt.

«Was bist du bereit zu tun, damit ich nicht schiesse?»

«Alles, Dana! Alles, was du verlangst!»

«Ok: Du wirst am nächsten Sonntag in deiner Predigt

die Geschichte eines siebzehnjährigen Mädchens erzählen, das von fünf Männern vergewaltigt wurde. Und nach dem Schlussgebet wirst du die Namen der Beteiligten nennen, dich eingeschlossen!»

«Ums Himmels Willen, Dana! Zwei meiner ehemaligen Kumpels sitzen jetzt in der Regierung, sind seit Jahren angesehene Politiker, die jedermann kennt. Einer ist Priester und der Vierte ...»

«Und der Vierte?»

«Das ist mein Bruder. Er hat drei Kinder, zwei Buben und ein Mädchen ... Er würde alles verlieren! Seinen Job, seinen Ruf, seine Frau ...»

«Die du ab und zu vögelst, habe ich gehört ...»

«Scheisse! Wer hat dir denn das erzählt?»

«Ich weiss alles über dich, Gottardo. Also? Wirst du tun, was ich von dir verlange?»

«Das ist unmöglich, Dana! Das kann ich nicht!»

«Ok, wie du willst!»

Dana hob die Pistole und drückte ab. Die Kugel riss eine tiefe Fleischwunde in den Oberarm, der bereits mit Maras Waffe Bekanntschaft gemacht hatte.

Die Schmerzensschreie, die Gottardo von sich gab, liessen Dana kalt. Sie schloss eine Handschelle auf und warf den Schlüssel vors Kamin.

«Ich gehe jetzt. Du wirst es schaffen, dich selbst zu befreien. Die Predigt nächsten Sonntag ist deine letzte Chance, wenn nicht deinen Ruf, so doch wenigstens dein Leben und das deiner Freunde zu retten!»

7. KAPITEL

EMMA, HORST UND ARNE

Emma hatte sich nie an die neue Umgebung gewöhnt. Besonders litt sie darunter, dass ihrem Mann die gut bezahlte Arbeit als Ingenieur, weswegen sie eigentlich in die Schweiz gekommen waren, gekündigt worden war. Horst hatte sich damit abgefunden und sich um den Security-Job beworben.

Für Emma, als Tochter einer reichen Familie, war es eine Schmach, dass ihr Mann nun jeden Tag in einem kleinen Häuschen sass und Ausweise kontrollieren musste. Ihre Eltern hatten ihr geraten, sich scheiden zu lassen, doch ihrer Tochter zuliebe hatte sie darauf verzichtet.

Nachdem Pia ihre Lehre abgeschlossen hatte und an der ETH studierte, verbrachte Emma viel Zeit bei ihren Eltern und Freundinnen in Deutschland. Horst, der sich mit der reichen Familie seiner Frau von Anfang an nicht verstanden hatte, wurde während Emmas Abwesenheit Mitglied einer Organisation, die seine Frau niemals akzeptiert hätte.

Rückblende: Ein heisser Sommerabend vor mehreren Jahren. Horst sitzt allein auf der Terrasse seines Hauses, denkt über sein Leben nach und kommt zum Schluss, dass es ziemlich langweilig geworden ist. Doch dann geschieht etwas, das seinem Leben wieder einen Sinn gibt.

Horst kennt die Nachbarn seit Jahren und auch ihre Autos. Doch den schwarzen Audi, der wie aus dem Nichts aufgetaucht, langsam heranrollt und vor seiner Garage parkt, hat er noch nie gesehen.

Zwei Männer steigen aus. Sonnenbrillen, vierzig bis fünfzig Jahre alt. Anzüge vom Feinsten. Horst denkt sofort an die Mafia-Filme, die er als junger Mann konsumiert hat.

Er steht auf und läuft zum Gartentor.

«Herr Cerjak?», fragt der Ältere.

«Haben sie gefunden!», antwortet Horst.

«Wir möchten mit ihnen reden. Können wir hereinkommen?»

Der Mann öffnet ohne Umschweife das Gartentor und fast Horst am Arm.

«Danke, Herr Cerjak. Bitte nach ihnen!»

Nachdem die Männer gegangen sind, sitzt Horst noch bis Mitternacht auf der Terrasse und fragt sich, was geschehen ist. Innert einer Stunde ist sein Leben in eine Richtung gelenkt worden, die er nie für möglich gehalten hätte.

«Wie? Du hattest keine Wahl?», hört er in Gedanken seine Frau zettern.

«Man hat immer eine Wahl, wenn man nur will!»

«Nein, Emma, es gibt Situationen, in denen man keine hat. Ehrlich gesagt, sie haben mich in der Hand, weil es um Pia geht!», hört er sich antworten.

«Um Pia? Wieso um Pia?»

«Sie wird nach ihrem Studium einen sehr gut bezahlten Job in der Firma erhalten, als Biochemikerin auf einem Spezialgebiet gefördert werden ... Pia und ich, wir gehören jetzt zu einer Organisation, die meinem Leben wieder einen Sinn gibt.»

133

PAULS BEERDIGUNG, GOTTARDO

Die Kirche, in der die Abdankung für Paul stattfand, konnte nicht alle Trauergäste aufnehmen. Die Leute, die keinen Platz bekommen hatten, standen vor dem Eingang und auf dem Friedhof.

Paul war ein Einheimischer, dem schon beim Unglück mit Alessia und Majas Schwester unendlich viel Mitgefühl entgegengebracht worden war. Doch das, was jetzt geschehen war, übertraf das Unglück mit dem Blitzeinschlag bei Weitem.

Eben erst war bekannt geworden, dass Paul sich mit Maja von den Entführern hatte befreien können, und nun war er plötzlich tot. Die ganze Gemeinde stand unter Schock.

Pia trug Pauls Urne zwischen den vielen Leuten hindurch auf den Friedhof, gefolgt von Maja, die von ihrem Vater gestützt wurde. Dann folgten ihre Mutter, Lucas und Alfred, Pauls Eltern, seine Brüder, Majas Schwestern, nahe Verwandte und Freunde und anschliessend die Leute vom Dorf.

Maja hatte die ganze Nacht wach gelegen und geweint. Nun hatte sie keine Tränen mehr. Nach dem schrecklichen Unglück vor vier Jahren, als Alessia und ihre Schwester umgekommen waren, hatte sie noch gehofft, ihr Leben irgendwann wieder in den Griff zu bekommen. Doch jetzt, nach all dem, was sie bei der Entführung durchgemacht hatte, und nach Pierre auch Paul nicht mehr da war, gab es keine Hoffnung mehr. Einzig der Gedanke an Lucas hielt sie noch am Leben. Ein seidener Faden, der bei der kleinsten zusätzlichen Belastung reissen konnte.

Thomas überraschte seine Mutter mit einem Anruf um 03.47 Uhr.

Illona schrak aus dem Schlaf auf, machte Licht und griff nach dem Handy.

«Thomas! Mein Gott, hast du mich erschreckt! Wieso rufst du mitten in der Nacht an?»

«Bitte entschuldige, Mam! Bei uns ist es erst zehn Uhr abends. Selbstverständlich würde ich dich nicht um diese Zeit anrufen, wenn alles in Ordnung wäre.»

Illona war sofort hellwach.

«Und, was ist nicht in Ordnung?»

Thomas räusperte sich.

«Die Sache mit Arne, deinem CEO ...»

«Was ist mit ihm?»

«Mir ist nahegelegt worden, alle Nachforschungen einzustellen. Arne darf in keiner Weise behelligt werden! Hast du gehört? Unter keinen Umständen!»

«Und weshalb?»

«Das kann ich dir nicht sagen. Nur so viel: Arne wurde aus einem ganz bestimmten Grund eingestellt.»

«Du meinst, er arbeitet auch für die CIA?»

«Für was oder wen auch immer er seine Mission ausführt, lass ihn machen, gib ihm in allem freie Hand. Und informiere diese Pia, dass sie schweigen muss!»

«Thomas, das verstehe ich nicht! Ist das eine Anordnung deines Arbeitgebers?»

«Tue es mir und deinen Enkeln zuliebe, Mam!», antwortete Thomas und beendete die Verbindung.

GOTTARDO

Gottardo fand schnell heraus, dass Dana nicht von seiner und auch von keiner anderen ihm bekannten Organisation auf ihn angesetzt worden war. Ihrer ganzen Erscheinung nach war sie topfit und kampferprobt. Irgendwann in den vergangenen Jahren musste sie eine entsprechende Ausbildung erhalten haben.

Gottardo beschloss, seine Freunde zu warnen.

Als Erstes wählte er die Nummer seines Bruders.

«Salute Mario!»

«Ach, wie schön! Mein kleiner Bruder meldet sich auch mal wieder!»

«Mario, ich muss etwas mit dir besprechen.»

«Ach ja? Etwas besprechen! So, wie ich dich kenne, bist du wieder einmal in Schwierigkeiten und dein grosser Bruder soll dir aus der Patsche helfen, oder?»

«Diesmal geht es nicht nur um mich, auch du steckst bis zum Hals in der Scheisse, Mario! Es geht um meine ehemalige Freundin. Ich denke, du kannst dich noch erinnern, was wir vor zwanzig Jahren mit ihr gemacht haben, oder muss ich nachhelfen?»

«Dana? Sag nicht, dass das noch ein Problem ist?»

«Doch, ist es, Mario! Dana hat mir im Rustico aufgelauert, auf mich geschossen, mich an den Kamin gefesselt und verlangt, dass ich bei meiner nächsten Predigt erzähle, was damals geschehen ist.»

Mario atmete hörbar tief ein und aus.

«Und? Was willst du machen? Du wirst dich wohl nicht von ihr erpressen lassen, Gottardo?»

«Sie sagt, wenn ich es nicht tue, wird sie es tun. Ich glaube ihr, auch wenn ich nicht weiss, wie sie das bewerkstelligen will. Sie verlangt, dass deine Frau erfährt, was damals geschehen ist. Und das ist noch nicht alles, Mario. Auch Pater Diego, Arno und Andy sollen sich öffentlich schuldig bekennen.»

«Was? Diese Frau spinnt doch total! Damit kommt sie niemals durch! Es gibt keine Beweise, keine Zeugen, nur die Behauptung einer Psychopatin!»

«Rechtlich gesehen hat sie keine Chance, Mario, da gebe ich dir Recht. Dana weiss das auch. Sie hat gesagt, dass, wenn ich es nicht von der Kanzel herunter erzähle, sie erst mich und dann der Reihe nach alle umbringen wird, die damals mitgemacht haben.»

«Scheisse! Wieso hast du sie nicht gleich erledigt?»

«Dazu hat sie mir keine Gelegenheit gegeben, Mario. Dana ist nicht mehr das siebzehnjährige Mädchen, das uns allen den Kopf verdreht hat. Sie hat Muskeln bekommen und kann mit Waffen umgehen. Sie hat mir in den Arm geschossen, weil ich sie nicht auf Anhieb ernst genommen habe.»

«Ok, wenn das so ist, dann bleibt uns nur noch eine Möglichkeit. Ich werde Diego, Arno und Andy informieren. Und du sorgst dafür, dass sie für immer verschwindet! – Capito?»

DANA UND GOTTARDO

Ein paar Monate nach dem schrecklichen Ereignis vor zwanzig Jahren mit Gottardos Freunden sass Dana spätabends auf einer Bank bei einer Bushaltestelle in Mailand. Es war Winter und kalt. Und es regnete. Dana war hungrig, hatte kein Geld und wusste nicht mehr weiter.

Doch dann geschah ein Wunder. Eine Frau tauchte aus der Kälte auf und setzte sich zu ihr auf die Bank. Dana fühlte sich sofort zu ihr hingezogen und erzählte, was ihr passiert war.

Die etwa zehn Jahre ältere Frau legte schützend einen Arm um Danas Schultern.

«Dass wir uns getroffen haben, hat Gott so gewollt. Ich gehöre zu einer Organisation, die sich *Angeli vendicatori (Racheengel)* nennt. Unser einziges Ziel ist: Rache für missbrauchte Frauen! Und das nicht auf dem Rechtsweg, da dort Männer Männer schützen.»

Schnell hatte Dana sich integriert, Kampf-Kurse absolviert und gelernt, mit Waffen umzugehen. Mit anderen *Angeli* hatte sie daraufhin Männer besucht, die Frauen vergewaltigt, bedroht, geschlagen oder gedemütigt hatten.

Die Liste war jedes Jahr länger geworden. Dana und ihre *Angeli vendicatori* immer gnadenloser. Die Täter wurden auf eine Weise bestraft, dass sie nie mehr einer Frau etwas zuleide tun konnten: Zum Krüppel geschlagen, entmannt oder ganz einfach umgebracht.

Gottardo und seine ehemaligen Freunde – Politiker (Arno und Andi), kath. Priester (Diego) und Bezirksrichter (Mario) – wussen nicht, was auf sie zukam. Sie waren überzeugt, dass Dana, mit der sie vor zwanzig Jahren tierischen Spass gehabt hatten, sehr schnell für immer verschwinden würde.

Dass es eine Organisation gab, die sich *Angeli vendicatori* nannte und missbrauchte Frauen rächte, hätten sie sich in ihren kühnsten Träumen nicht vorstellen können.

Inspektor Klaus war ärgerlich, gefrustet und vor allem stinksauer. Eben noch hatte er geglaubt, das Rätsel um die Entführung und allem, was damit zusammenhing, zu durchschauen. Doch dann war Paul Canvas, sein Hauptzeuge, plötzlich verstorben. Und ähnlich wie Pierre, aus unbekannten Gründen.

«Gopfertammihuarasiach!», fluchte er, ohne seine Assistentin zu beachten, laut vor sich hin.

«Sorry, Peter! Brauchst du Hilfe?»

«Ja, die könnte ich wirklich gebrauchen, Mara!»

«Was ist denn passiert?»

«Unser Hauptzeuge, Paul Canvas, ist verstorben, das ist passiert! Einfach so. Umgekippt und mausetot. Ohne Ursache, ohne äussere Einwirkung. Es ist zum Verzweifeln! Pierre hat wenigstens noch Blut gespuckt, es war offensichtlich, dass es eine Ursache gab, auch wenn ich immer noch nicht weiss, welche. Die Pathologen machen ein Geheimnis draus. Der Fall sei zu komplex, die Ursache vermutlich auf einer bio-chemischen Ebene zu suchen. So einen Blödsinn habe ich noch nie von diesen Leuten gehört. Irgendetwas läuft gewaltig schief in dieser Abteilung!»

«Peter, komm, beruhige dich! Lass uns alles noch einmal in Ruhe durchgehen ...»

«Ruhe ist genau das, was mir im Moment fehlt, Mara! Ich kann kaum mehr schlafen. Meine Frau macht sich echt Sorgen. Wenn das so weiterginge, meint sie, wäre es besser, ich würde mich nach einem anderen Job umsehen. Immerhin bin ich erst achtundvierzig. Ich weiss nicht, ob ich das noch siebzehn Jahre durchhalte!»

«Vielleicht solltest du den Fall abgeben, Peter. Auf jeden Fall mit deinem Vorgesetzten reden ...»

«Nein, Mara, das lässt mein Stolz nicht zu. Ich habe noch nie einen Fall abgegeben, das weisst du. Ich will, ich muss und ich werde diesen verdammten Knoten lösen, koste es, was es wolle!»

«Vielleicht sollten wir noch einmal mit dieser Pia Cerjak reden. Sie hat mir erzählt, dass der Chip Paul Canvas durch einen verdeckten Bluttest verabreicht wurde. Falls damit wirklich Einfluss auf ihn genommen werden konnte, würde das seine extremen Gemütsschwankungen erklären. Wenn zutrifft, was ich vermute, läuft da etwas ab, das weit über unsere üblichen Fälle hinausgeht. Ich wäre nicht überrascht, wenn uns dieses Dossier entzogen würde. Was ja gar nicht so schlimm wäre. Du könntest Überstunden einziehen, mit deiner Frau Ferien machen und die restlichen siebzehn Jahre eine ruhige Kugel schieben ...»

Das Handy des Inspektors klingelte.

«Ja, Klaus ... Ok, komme sofort.»

Mara schaute ihren Vorgesetzten fragend an.

«Muss zum Boss, jetzt gleich!», murmelte Peter Klaus und eilte davon.

Peters Gesicht sprach Bände, als er wieder zur Tür hereinstürmte und sich in seinen Sessel fallen liess.

«Du hast recht gehabt, Mara. Das Ganze sei eine Nummer zu gross für uns, hat der Boss gesagt. Ab sofort übernimmt der NDB den Fall.»

8. KAPITEL

GOTTARDO UND SEINE KUMPELS

Die Politiker Arno und Andy, der kath. Priester Diego und Bruder Mario sitzen an Gottardos Stubentisch.

Gottardo nimmt die aufgeschlagene Bibel und verstaut sie im Büchergestell.

«Passt wohl nicht ganz zu unserem Thema, dein Wort Gottes!», spottet Arno.

«Mein ist es nicht, es gehört der ganzen Menschheit, auch dir, Arno!», gibt Gottardo zurück.

«So ist es! Dieses Buch sollte man nicht verspotten! Das bringt Unglück!»

«Na dann, sieh zu, dass du bald deine Sünden los wirst, Diego!», lacht Andy hämisch.

«Wir unsere, Andy! Ich habe meine schon lange bereut, und ich denke, Gott hat mir verziehen. Wir waren jung, dumm und betrunken. Es war wirklich schlimm, was wir mit dieser jungen Frau gemacht haben.»

«So weit ich mich erinnere, bist du als Erster über sie hergefallen, Diego!»

«Im Grunde genommen war es Gottardos Schuld. Wenn er den Mut gehabt hätte, sich für seine Freundin einzusetzen ...»

Gottardo schlug die Faust auf den Tisch.

«Ihr habt mich, obwohl ich keinen Alkohol trinken wollte, mit Whisky abgefüllt!»

«Wir waren alle betrunken! Du warst nicht ganz unschuldig, dass es soweit gekommen ist!», meinte Mario.

«Stopp, stopp, stopp!», rief Gottardo.

«Ihr wart zu viert, ich allein! Es war ein verdammt krankes Verhalten, das uns da übermannt hat! Wir sind wie Tiere über Dana hergefallen.»

«Ok! Jetzt kommt in die Gegenwart! Was geschehen ist, ist geschehen. Lasst uns überlegen, wie wir diese Psychopatin stoppen können, bevor sie unseren Ruf zerstört oder uns umbringt!», sagte Mario.

«Wenn, wie Gottardo glaubt, Dana so gefährlich ist, sehe ich nur eine Möglichkeit …»

«Und die wäre, Arno?»

«Wir müssen ihr zuvorkommen! Einer von uns hat ja bereits Erfahrung, weiss, wie man das anstellt. Gottardo, du hast doch eine Waffe im Haus, oder hat sich das in der Zwischenzeit geändert?»

«Ich habe gewusst, dass wieder alles an mir hängen bleibt! Im Grunde genommen hätte ich euch vier gar nicht informieren müssen. Alles hängt wieder von mir ab. Wenn ich am nächsten Sonntag nach der Predigt dieses Geständnis nicht ablege, bin ich dran! Ihr übrigens auch!»

«Jetzt aber mal langsam, Gottardo! Wir sind fünf Männer gegen eine einzige Frau. Wär doch gelacht, wenn wir sie nicht erledigen könnten!»

«Genau! Und ich weiss auch schon wie: Ich predige mit der Pistole unter dem Talar! So wie Pfarrer Pfannenstiel in Conrad Ferdinand Meyers Novelle *Der Schuss von der Kanzel*», versuchte Gottardo zu scherzen.

DANA UND ALFRED

Dana fuhr in dichtem Nebel und strömendem Regen bei Tusa ab der Autobahn, um in die Nähe der Kirche zu gelangen, in der Gottardo seine vermutlich letzte Predigt halten sollte. Bei der Dorfeinfahrt bremste sie auf dreissig km/h ab und hielt an, als ein paar Schüler in gelben Regenpelerinen am Strassenrand auftauchten. Die Kinder rannten über die Strasse und verschwanden zwischen den Häusern. Dreissig Meter entfernt donnerte der Dorfbach unter der Strasse hindurch.

Plötzlich hörte sie ein lautes Krachen. Und schon wälzte sich aus dem Nebel heraus eine gewaltige Geröllmasse über die Strasse. Dana sprang aus dem Auto. Der Schlamm reichte ihr bis an die Knie. Mit grösster Anstrengung gelang es ihr, sich freizukämpfen. Als sie wieder festen Boden unter den Füssen spürte, war ihr Auto mitsamt der Ausrüstung, die sie für ihren Job brauchte, verschwunden.

«Das war knapp!», hörte sie eine Stimme aus dem Nebel heraus. Vor ihr stand, auf einen Stock gestützt, ein alter Mann mit einem Filzhut, von dessen Krempe das Regenwasser über seinen Mantel floss.

«Ja, das war knapp ... Geschieht das öfters hier?»

«Das letzte Mal vor dreissig Jahren. Aber, sie sind ja klitschnass. Sie können sich bei mir aufwärmen, einen heissen Tee trinken und etwas essen.»

Dana, nur mit Jeans und T-Shirt bekleidet, überlegte nicht lange. Während sie an der Kirche vorbei zu Alfreds Haus hinauf liefen, ertönten Sirenen.

«Die Feuerwehr. Sie werden ihr Auto finden und denken, dass die Insassen unter dem Geröll liegen.»

«Was mir gar nicht so ungelegen kommt.»

Alfred blickte erstaunt unter seinem Hut hervor.

«Sind sie auf der Flucht?»

«Nein, das nicht. Aber es gibt ein paar Leute hier in der Gegend, die ein Problem weniger hätten, wenn mich der Bach weggespült hätte.»

Dank des dichten Nebels gelangten sie, was Dana noch so recht war, ungesehen in Alfreds Haus.

«Falls sie möchten, können sie duschen ... Ich mache derweil einen heissen Tee», murmelte Alfred, während er Hut und Umhang an die Garderobe hängte.

Dana lächelte.

«Gerne, wenn sie mir etwas anzuziehen haben, bis meine Kleider trocken sind ...»

«Ach ja, natürlich! Die grosse Wolldecke. Sie ist frisch gewaschen. Meine Frau hat sie in der kalten Jahreszeit beim Fernsehschauen jeweils über die Knie gelegt. Die nassen Kleider können sie in der Stube auf dem Ofen ausbreiten. Ich lege gleich noch etwas Holz nach.»

Dana streckte Alfred die Hand entgegen.

«Danke! – Ich bin Dana!»

«Alfred! Schön, dich kennenzulernen, Dana!», murmelte der alte Mann erfreut.

GOTTARDO

Gottardo sass am Freitagabend nach dem Unwetter in seiner Stube vor dem Fernseher und verfolgte die Nachrichten der Tagesschau. Die Bilder der Schlammlawine zeigten, dass das Dorf von der Rüfe in zwei Hälften geteilt worden war. Mehrere Häuser waren beschädigt worden, Menschenleben vorerst jedoch keine zu beklagen. Der Besitzer eines Autos, das mitgerissen worden war, wurde noch vermisst. Man vermutete jedoch, dass es leer gewesen und vom Parkplatz neben der Kirche weggespült worden war.

Gottardo schaltete den Fernseher aus und setzte sich an den Computer. Seine letzte Predigt lag ihm schwer auf dem Magen. Er fühlte sich in einem Albtraum gefangen, aus dem er vergebens zu erwachen hoffte. Auf der Suche nach einer Bibelstelle, in der die dunkle Seite des Menschen ausnahmsweise nicht von Gott zur Rechenschaft gezogen worden war, wurde er im Neuen Testament fündig. Vergebung der Sünden durch den Kreuzestod des Gottessohnes.

Gottardo hatte sich oft gefragt, weshalb es das Böse gab? Wozu war es vom Schöpfer geschaffen worden? Der ständige Kampf in ihm zwischen Licht und Dunkelheit hatte irgendwann dazu geführt, dass er versucht hatte, beidem gerecht zu werden. Den Mächten der Zerstörung und denen der Liebe. Statt gegen das Böse zu kämpfen, hatte er begonnen, es anzunehmen, ihm Raum zu geben. Seltsamerweise war er dadurch ausgeglichener geworden, und das Böse hatte sich, ähnlich einem gesättigten Raubtier, etwas zurückgezogen.

Gottardo war überzeugt, dass es keiner Menschenseele je wirklich gelungen war, die dunkle Seite in sich endgültig zu besiegen. Ausser dem Erlöser natürlich. Aber der war ja kein Mensch gewesen, sondern eben der Sohn Gottes. Was Gottardo anstrebte, oder lange Zeit angestrebt hatte, war, so zu sein und zu leben wie die Menschen, die nicht einmal wussten oder verstehen konnten, was Gott von ihnen verlangte und vielleicht gerade deshalb näher bei ihm waren als all die Geistesgrössen der Geschichte, die ausnahmslos an ihren eigenen Ansprüchen gescheitert waren.

Gottardo nahm ein Blatt Papier, zog mit dem Kugelschreiber mittig eine senkrechte Linie nach unten und schrieb über die eine Hälfte LICHT und über die andere DUNKELHEIT. In die linke Spalte kam hinein, was er in den letzten Jahren für das LICHT getan und in die rechte, was er der DUNKELHEIT zugestanden hatte. Die linke Spalte blieb beinahe leer, die rechte füllte sich bis zum unteren Blattrand.

Mit einem tiefen Seufzer zerknüllte er das Blatt, warf es in den Papierkorb, startete den Computer und tippte den Titel zu seiner – vermutlich letzten – Predigt ins Programm: *Wer ohne Sünde ist, der werfe den ersten Stein!*

Dass keiner seiner Zuhörer ohne Sünde war, daran zweifelte er nicht. Und falls doch, dann war da ja immer noch die Erbsünde, der sich jeder beugen musste.

Die Frage, die ihn beschäftigte war, ob einem Mörder ebenso vergeben würde wie einem moderaten Sünder, der sein Leben lang gebetet und versucht hatte, nur Gutes zu tun.

Die Antwort lag eigentlich in den Worten, die Jesus zu dem neben ihm am Kreuz hängenden Mann gesprochen hatte: *Heute noch wirst du mit mir im Paradiese sein.* Und das nur, weil dieser Mörder im letzten Moment in ihm den Sohn Gottes erkannt hatte.

Gottardo beschloss, seinen Zuhörern als Vorbereitung auf die schreckliche Enthüllung die Kreuzesgeschichte zu erzählen und erst danach die von den fünf jungen Männern, die vor zwanzig Jahren ein siebzehnjährigen

Mädchen missbraucht hatten. Anschliessend würde er die Gemeinde fragen, wer den ersten Stein werfen wolle und erst zum Schluss die Täter, sich selbst eingeschlossen, bekanntgeben. Er hoffte, dass die Leute nicht anders als ihr Erlöser handeln würden und niemand den ersten Stein in die Hand nehmen würde.

DANA UND ALFRED

Dana verschwand mit der Wolldecke im Badezimmer. Alfred setzte den Wasserkocher auf die Herdplatte, nahm zwei Tassen, Löffel und das Körbchen mit den Teebeuteln aus dem Küchenschrank und platzierte alles auf dem Stubentisch.

Als er das Wasser in der Dusche plätschern hörte, blitzte in seinen Gedanken kurz das Bild einer nackten Frau auf.

Nach zwanzig Minuten öffnete sich die Tür. Mit einer Hand hielt Dana die Decke zusammen, in der anderen trug sie die nassen Kleider. Um sie auf dem Ofen ausbreiten zu können, musste sie die Decke loslassen.

Alfred verschwand eiligst in der Küche.

Etwas später sassen sie am Tisch und tranken Tee.

Alfred bemerkte, dass sein Gast immer wieder durchs Fenster in den Nebel hinaus starrte.

«Bist also doch auf der Flucht?»

Dana lächelte etwas verkrampft.

«Kommt drauf an ...», murmelte sie.

«Darf ich rauchen?»

Alfred stand auf und stellte einen Aschenbecher auf den Tisch. Dana zündete sich eine Zigarette an.

«Wenn ich meinen Auftrag erledigt habe ...», murmelte sie und starrte in den Nebel hinaus.

«Was für einen Auftrag?»

Dana rauchte und schwieg. Alfred wartete, bis sie zu erzählen begann.

«Ich war siebzehn. Mein Freund fünfzehn Jahre älter. Wir verbrachten ein Wochenende in seinem Rustico im Tessin. Wir waren verliebt und tranken Wein ... Irgendwann schlug er mir ein Spiel vor. Mit einem Seil fesselte er meine Hände, band sie ans Bettgestell. Dann hörte ich Stimmen. Seine Kumpels kamen auf Besuch. Er liess mich angekettet auf dem Bett liegen, zog sich an und schloss die Schlafzimmertür. Ich hörte, wie er sich mit seinen Freunden unterhielt. Sie tranken, lachten und grölten. Plötzlich ging die Tür auf ... Mein Freund protestierte, doch seine Besucher stiessen ihn zur Seite, stürmten ins Zimmer und fielen über mich her. Ich schrie, flehte und jammerte, bat meinem Freund um Hilfe, doch er schaute nur zu.»

«Du wurdest von seinen Freunden vergewaltigt, und er hat es zugelassen?»

Alfred war erschüttert.

Dana zog die Decke enger um ihren Körper, trank einen Schluck Tee und fuhr fort: «Deshalb bin ich heute hier. Ich werde mich rächen!»

«Und wie willst du das anstellen?»

«Indem ich ihren Ruf zerstöre. Zwei von ihnen sind angesehene Politiker, einer katholischer Priester und sein Bruder hat einen hohen Posten in der Verwaltung.

«Mein Gott!» Alfred machte Augen wie Pflugräder.

«Und wer ist dein ehemaliger Freund?»

«Gottardo, euer Pfarrer!»

MARIO UND GOTTARDO

Mitten in Gottardos Vorbereitung hinein erklang die Melodie seines Handys.

«Hallo, ich bin es. Störe ich gerade?»

«Ehrlich gesagt, ja. Ich bin mitten in der Predigtvorbereitung …»

«Kannst du vergessen!»

«Wieso vergessen?»

«Weil du keine Predigt halten wirst!»

«Und weshalb nicht?»

«Weil es nicht geht, dass du unseren Ruf zerstörst!»

«Aber Mario, sie wird uns jagen, wenn ich nicht tue, was sie verlangt!»

«Wird sie nicht, Gottardo! Man hat in der Schlammlawine ihr Auto gefunden …»

«In der Rüfe? Mein Gott! Ist sie tot?»

«Vermutlich ist es ihr gelungen, das Auto zu verlassen, bevor es vom Geröll erfasst wurde.»

«Und wie kommst du darauf, dass es ihr Auto war?»

«Ich war bei der Bergung dabei. Das Nummernschild war noch dran. Die Besitzerin ist eine Angela Bronalli aus Milano.»

«Ein Deckname?» Gottardo seufzte.

«Und im Kofferraum, was hat man da gefunden?»

Mario schwieg.

«Vermutlich eine Sporttasche mit Gewehr, Pistole und so weiter?»

«Genau! Angela Bronalli hat, falls sie nicht unter dem Schlamm liegt, jetzt ein Problem. Ihre Waffen sind ihr abhanden gekommen, und sie muss irgendwo Unterschlupf finden.»

Gottardo spürte, wie sich sein Herzschlag beschleunigte. Ob aus Erleichterung oder aus Angst vor oder um Dana, wusst er nicht.

«Sie wird also bereits gesucht?»

«Ja, Andy hat dafür gesorgt, dass in jedem Haus in der Gegend nach ihr gefragt wird. Durch unsere Helfer im Hintergrund. Offiziell Zivilschützer. Du weisst ja, wie das abläuft, Gottardo.»

«Dana soll eliminiert werden?»

«Natürlich! Oder sollen wir darauf warten, dass sie uns umbringt?»

DANA, ALFRED UND LUCAS

Es war Abend geworden. Alfred hatte die Vorhänge zugezogen und sich in die Küche verzogen.

Dana nahm die Kleider vom Ofen, zog sich an und legte die Decke, die Alfreds Frau in der kalten Jahreszeit beim Fernsehschauen über die Knie gelegt hatte, um ihre Schultern.

«Kann ich über Nacht bleiben, Alfred?»

Alfred war einverstanden, dass sie auf der Couch schlief, wollte jedoch noch etwas klären, bevor er sich ins Schlafzimmer im oberen Stock zurückzog.

«Diese fünf Männer ... Was hast du mit ihnen vor, Dana? Du hast gesagt, dass du ihren Ruf zerstören willst?»

«Ich habe Gottardo gedroht, dass ich ihn und seine Kumpels umbringe, wenn er bei seiner Predigt nicht erzählt, was vor zwanzig Jahren geschehen ist.»

«Und du denkst, dass er und seine Freunde sich von dir einschüchtern lassen?»

Dana lächelte. Alfred wusste nicht, wer sie war, welcher Organisation sie angehörte und was sie bösen Männern schon angetan hatte.

«Bis jetzt hat noch keiner überlebt!»

«Keiner überlebt? Wie meinst du das?»

«Ok, Alfred. Ich verrate dir ein Geheimnis. Ich mache Männer unschädlich, die Frauen missbrauchen! Ich und meine *Angeli vendicatori*.»

«Ihr seid alles Frauen?»

«So ist es, Alfred. Das Dumme ist nur, dass ich durch die Rüfe meine Ausrüstung verloren habe.»

«Deine ... Du meinst, du hattest Waffen im Auto?»

«Falls man sie findet, wird man anhand der Autonummer nach einer Angela Bronalli suchen.»

Alfred starrte auf die alte Wanduhr, wo gerade der grosse Zeiger um eine Minute weitersprang. Was diese junge Frau ihm da erzählte, war so weit weg von seiner Welt, dass es ihm schwerfiel, ihr zu glauben.

«Alfred, ich sehe an deinem Gesichtsausdruck, dass du überlegst, ob du mir glauben kannst ... Deshalb gebe ich dir ein paar weitere Infos: Gottardo arbeitet neben seinem Beruf als Pfarrer für eine Mafia-Organisation. Er hat schon Leute umgebracht, und er war auch an der Entführung von Paul und Maja Canvas beteiligt ...»

ALFRED, DANA, LUCAS UND MAJA

Lucas ist früh auf. Er schaut aus dem Fenster seines Kinderzimmers hinüber zu Alfreds Haus.

Dana hat wenig und unruhig geschlafen. Im Traum gegen Männer gekämpft, die sie bedrohten. Sie wacht auf, schlägt die Decke zurück, schiebt die schweren Vorhänge zur Seite und öffnet das Fenster. Es regnet nicht mehr. Auch der Nebel hat sich verzogen, klebt nur noch in einzelnen Schwaden am gegenüberliegenden Berg.

Dana zündet sich eine Zigarette an, nimmt einen tiefen Zug und bläst den Rauch in die frische Morgenluft hinaus.

Lucas beobachtet, wie die Vorhänge zur Seite geschoben werden und staunt, als eine junge Frau aus dem Fenster schaut.

«Guten Morgen! Schläft Alfred noch?», ruft er.

Dana erschrickt und schliesst schnell das Fenster.

«Mama, Alfred hat eine Frau im Haus!»

«Ach Lucas, das hast du sicher geträumt. Alfreds Frau ist schon lange tot.»

«Es war eine junge Frau, Mama, ich habe sie wirklich gesehen, sie hat eine Zigarette geraucht.»

Alfred hört Lucas Stimme, springt aus dem Bett und eilt, so schnell es seine alten Knochen erlauben, die Treppe hinunter.

Dana kommt ihm aus der Stube entgegen.

«Dieser Bub, ist das Lucas, dessen Eltern ..?»

«Ja, das ist er. Es wäre allerdings besser gewesen, wenn er dich nicht gesehen hätte. Wer weiss, was er jetzt seiner Mutter erzählt. Falls dich diese Männer suchen, dann bist du bei mir nicht sicher. Auf jeden Fall muss ich mit seiner Mutter reden, bevor sie etwas weitererzählt.»

Alfred eilt zurück in sein Zimmer, zieht sich an und läutet bald darauf bei Maja Sturm.

Lucas öffnet die Tür.

«Alfred? Ich habe eine junge Frau auf ...»

«Schon gut, Lucas. Alles in Ordnung. Ich muss mit deiner Mama reden. Darf ich hereinkommen?»

«Alfred? Guten Morgen! Ist etwas passiert?»

«Ich muss mit dir reden Maja.»

Alfred setzte sich an den Küchentisch: «Maja und Lucas, ihr müsst mir versprechen, dass das, was ich euch jetzt erzähle, unter uns bleibt! Die Frau, die Lucas am Fenster gesehen hat, ist Dana. Ihr Auto wurde von der Schlammlawine erfasst. Und wie es der Zufall oder das Schicksal wollte, bin ich auf meiner Besichtigungstour gerade im rechten Moment dazugekommen. Ich habe gesehen, wie sie sich durch den Schlamm gekämpft hat. Da sie klitschnass war, habe ich ihr angeboten, sich in meinem Haus aufzuwärmen. Und da sie nirgends mehr hinkonnte bei diesem Wetter, hat sie mich gefragt, ob sie auf der Couch übernachten darf.»

«Ist sie hübsch?», fragte Maja.

«Maja, das spielt keine Rolle. Dana braucht unsere Hilfe, und die würde ich ihr auch geben, wenn sie keine Schönheit wäre.»

«Also ist sie hübsch!», grinste Maja.

«Ja, Maja, Dana ist eine attraktive junge Frau. Sie ist in einer aussergewöhnlichen Mission unterwegs, und anhand von dem, was sie mir gestern Abend erzählt hat, vermute ich, dass sie in Gefahr ist.»

Lucas schaute Alfred mit grossen Augen an.

«Wie ich, als man mich entführen wollte?»

«Sieht ganz danach aus, Lucas. Die Männer, die sie beseitigen wollen, werden sie suchen. Vermutlich wird es nicht mehr lange dauern, und Leute vom Zivilschutz werden nach ihr fragen.»

153

«Wieso Leute vom Zivilschutz?»

«Weil ihr Kommandant zu denen gehört, die sie verschwinden lassen wollen.»

Maja erinnerte sich an die Entführung, an den Tod von Paul. Stöhnend schlug sie die Hände vors Gesicht.

«Mein Gott, hört das denn nie auf! Weshalb will man diese Dana denn umbringen?»

«Sie hat mir erzählt, dass ihr diese Männer vor zwanzig Jahren Gewalt angetan haben ... Und dass sie für eine Frauen-Organisation arbeitet, die solche Männer für ihre Taten zur Rechenschaft zieht.»

«Ich weiss, was du meinst, Alfred. Diese Männer schlagen Frauen, machen Sex mit ihnen und töten sie auch, hat Max seinem Bruder erzählt ...»

«Und wer ist dieser Max, Lucas?», fragte Maja sichtlich schockiert.

«Mikes Bruder, aber er ist alt, schon vierzehn.»

Maja war sprachlos. Lucas wusste mit acht Jahren schon Bescheid über Vergewaltigung und Mord.

«Und wer sind die Männer, die hinter ihr her sind?», fragte Maja.

«Einer von ihnen war an der Entführung von Paul beteiligt, Gottardo, unser Pfarrer», antwortete Alfred.

DANA

Dana benutzte Alfreds Abwesenheit, um ungestört zu telefonieren. Die Organisation, der sie angehörte, bestand nicht nur aus ein paar rachsüchtigen Frauen. Jede Aktion bekam die Unterstützung eines weitverzweigten Netzwerkes.

Alfred hörte das Geräusch eines Autos und blickte aus Majas Küchenfenster. Dana kam aus seinem Haus, winkte, stieg ein, und das fremde Auto fuhr davon.

«Auch gut! Sie hat sich selbst geholfen. Vermutlich hat sie eine Racheengel-Kollegin abgeholt.»

Die beiden Zivilschützer, die hinauf zu Alfreds Haus liefen, wurden ausgangs Dorf von einem schwarzen VAN mit italienischem Kontrollschild überholt. Kurz darauf fuhr das Auto wieder zurück ins Dorf. Am Steuer sass eine Frau mit dunkler Sonnenbrille, neben ihr eine zweite Person mit einem Hut.

Alfred verliess Majas Haus und traf beim Gartentor auf die Zivilschützer, die er schon als Kinder gekannt hatte.

«Hallo Jungs, schon so früh unterwegs?»

«Guten Morgen, Alfred. Wir sind auf der Suche nach der Person, der das Auto in der Schlammlawine gehört. Hast du gestern nach dem Niedergang der Rüfe jemanden gesehen? Wie wir gehört haben, bist du bei strömendem Regen im Dorf herumspaziert …»

«Ich habe gesehen wie ein Auto mitgerissen worden ist, das ist alles.»

«Und? War es leer?»

«Soweit ich das erkennen konnte, ja. Allerdings war der Nebel sehr dicht, und meine Augen sind auch nicht mehr so gut.»

«Und der VAN, der gerade zu deinem Haus und wieder hinunter gefahren ist … Hast du diese Frauen gekannt?»

«Ich war gerade bei meiner Nachbarin beim Kaffee und habe das Auto nur schnell durchs Fenster gesehen.

Ich vermute, die haben sich verfahren und sind deshalb wieder umgekehrt.»

Die Zivilschützer verabschiedeten sich, liefen zu Majas Haus hinüber und trafen auf Lucas.

«Hast du seit gestern jemanden Fremdes gesehen, Lucas? Vielleicht eine junge Frau?»

Lukas schüttelte den Kopf.

«Eine Frau? Nein, das wäre mir sicher aufgefallen und meiner Mama auch!»

Als die beiden Männer wieder ins Dorf hinunter liefen, fuhr der schwarze VAN auf der Autobahn nach Chur. Dana tippte die Adresse von Gottardos Bruder Mario in ihr Handy. Die Fahrerin warf einen kurzen Blick auf die Route und nickte.

DANA UND NINA

Es war zehn Uhr vormittags, Marios Frau Nina war allein zu Hause, als Dana an der Tür klingelte.

«Hallo, ist ihr Mann da? Ich habe etwas mit ihm zu besprechen.»

«Nein der ist nicht zu Hause. Darf ich fragen, wer sie sind? Kann ich ihm etwas ausrichten?»

Dana lächelte. Marios Frau war ihr sympathisch.

Sie beschloss, es kurz zu machen.

«Ich bin Dana. Ich möchte, dass sie Mario ausrichten, dass ich nicht vergessen habe, was er mir vor zwanzig Jahren angetan hat.»

Ninas Gesicht verfinsterte sich.

«Mario hat ihnen etwas angetan? Was denn, wenn ich fragen darf?»

«Wollen sie das wirklich wissen?»

«Natürlich! Es macht mich neugierig. Vor zwanzig Jahren kannte ich ihn bereits. Ich müsste also etwas von seiner Tat mitbekommen haben.»

«Haben sie nicht! Mario hat mich damals, zusammen mit seinem Bruder Gottardo und seinen Freunden Diego, Arno und Andy, vergewaltigt!»

MARIO UND NINA

Als Mario an diesem Abend nach Hause kam, sass Nina mit verschränkten Armen im Wohnzimmer.

Mario setzte sich zu ihr auf die Couch und legte einen Arm um ihre Schultern.

«Was ist los, Nina? Ist etwas passiert?»

«Eine junge Frau war da ...»

«Eine junge Frau? Wer war es, und was wollte sie?»

Sie lässt dir ausrichten, dass sie nicht vergessen hat, was du ihr vor zwanzig Jahren angetan hast ... Sag, dass das nicht wahr ist, Mario! Ich könnte sonst nicht mehr mit dir zusammenleben ...», jammerte Nina.

Mario stand auf und warf einen Blick aus dem Fenster.

«Was auch immer diese Frau dir erzählt hat, Nina, ist nicht wahr, das kannst du mir ruhig glauben. Vielleicht ist es eine ehemalige Angestellte, die sich rächen will, weil ich ihr kündigen musste ... Wie, hast du gesagt, ist ihr Name?»

«Dana. Sie hat gesagt, dass ihr – Gottardo, Diego, Arno, Andy und du – sie vor zwanzig Jahren missbraucht habt.»

«Was?», schrie Mario in gespielter Wut. Das ist eine gottverdammte Lüge, eine Verleumdung! Ich werde diese Frau wegen übler Nachrede einklagen!»

Nina stand auf, schlang die Arme um ihren Mann und flüsterte: «Ich glaube dir ja, Mario, ich glaube dir. Ich will dich nicht verlieren!»

«Verlieren? Wieso denn verlieren?»

«Diese Dana sagte, dass sie zu einer Organisation gehört, die missbrauchte Frauen rächt.»

Mario löste sich aus Ninas Umarmung, griff zum Handy und verschwand in seinem Arbeitszimmer. Nina vergrub das Gesicht in den Händen und begann zu weinen.

GOTTARDO UND MARIO

«Sie ist hier, Gottardo!»

«Wer ist hier?»

«Dana!», schrie Mario ins Handy.

«Sie war bei mir zu Hause und hat Nina erzählt, was damals geschehen ist!»

Gottardo fiel vor Schreck fast vom Stuhl.

«Du musst handeln, Gottardo! Diese Dana muss verschwinden. Sofort! Hörst du: SOFORT!»

Gottardos Wohnung befand sich im vierten Stock. Er öffnete die beiden Türflügel, trat mit dem Handy am Ohr auf den Balkon hinaus und atmete tief die frische Abendluft ein.

«Beruhige dich, Mario. Ich werde ...»

Vorbeifahrende Autos und Marios Geschrei verhinderten, dass der Pfarrer hörte, wie sich die Tür zu seinem Studierzimmer öffnete.

Es war Abend, eine Lampe beleuchtete die aufgeschlagene Bibel neben des Pfarrers Laptop.

Eine Frau betrat den Raum, entdeckte den Mann am
Fenster, zögerte kurz und trat dann leise zum Tisch, auf
dem die aufgeschlagene Bibel lag. Ihr Blick fiel auf eine
rot markierte Zeile: *Wer ohne Sünde ist, der werfe den
ersten Stein!*

Dana wahr Atheistin. Sie glaubte nicht an Gott und
schon gar nicht an ein Buch, dessen Inhalt für millionen-
fache Morde, Folter, Hinrichtungen, Verfolgungen und
Hexenverbrennungen verantwortlich war.

TEIL III

9. KAPITEL

HORST UND PIA

Horst war früh aufgestanden. Vor ihm auf dem Küchentisch lag die aufgeschlagene Tageszeitung. Er nahm einen Schluck Kaffee und überflog die Schlagzeilen.

«Guten Morgen ...»

Pia. Sie stand im Pyjama in der Tür.

«Hast du gut geschlafen, Papa?»

«Nein, ich habe kein Auge zugetan. Und jetzt das!»

Horst zeigte auf einen Artikel in der Zeitung. Pia beugte sich nach vorn und las: *Pfarrer Gottardo Bedretto ist tot vor dem Pfarrhaus aufgefunden worden. Die Polizei vermutet, dass er aus dem Fenster gestürzt ist.*

«Gestürzt worden vermutlich ...», murmelte Horst.

«Den hast du doch näher gekannt, oder?»

«Näher ist etwas übertrieben. Ich kenne ihn von der Zeit im Kirchenchor. Er war übrigens nicht nur als Pfarrer tätig, aber das ist eine andere Geschichte ...»

«Was für eine andere Geschichte?»

Horst winkte ab. Er hatte schon zu viel gesagt. Pia brauchte nicht zu wissen, in was für einem Verhältnis er zu Gottardo gestanden hatte.

Er trank seinen Kaffee aus und stand auf.

«Pia, ich muss zur Arbeit. Und du wohl auch, oder?»

«Ich komme heute etwas später», antwortete Pia.

Horst stieg in seinen alten Mercedes und fuhr auf direktem Weg in die Firma.

Nina hatte Marios Gespräch mit Gottardo durch die Tür mitgehört. Also doch. Diese Dana hatte die Wahrheit gesagt. Dass neben Mario auch noch Pater Diego, Arno und Andy, die beiden Politiker, mitgemacht hatten, erschütterte sie zutiefst. Als sie von Gottardos Fenstersturz erfuhr, war sie überzeugt, dass auch Mario in Gefahr war. Da er sich jedoch weigerte, ihr die Wahrheit zu sagen, beschloss sie, zu handeln.

Sahra und Margrit fielen aus allen Wolken, als Nina ihnen berichtete, dass ihre Männer vor zwanzig Jahren eine Frau vergewaltigt haben sollten.

«Ok, Nina, ich werde diese kuriose Geschichte Arno erzählen, obwohl ich überzeugt bin, dass er unschuldig ist! Da bin ich absolut sicher!», maunzte Margrit.

«Mein Gott, Nina! Was erzählst du da für Sachen!», rief Sahra erschrocken. «Wie kannst du dieser Frau so etwas glauben! Natürlich werde ich es Andy erzählen. Vermutlich wird er erst einmal wütend werden und dann nur noch lachen. Das Ganze ist ja sowas von absurd!»

Andy lachte nicht und wurde auch nicht wütend, was Sahra beunruhigend verunsicherte. Sie stellte sich vor ihn hin und blickte ihm in die Augen.

«Andy, sag mir die Wahrheit! Was ist damals geschehen mit dieser jungen Frau? Nina denkt, dass ihr in Gefahr seid.»

«Ich in Gefahr? Das ist ja lächerlich! Ich habe mir nichts vorzuwerfen, Sahra! Ich vermute, Nina ist einer Schwindlerin auf den Leim gegangen. Vermutlich will sie uns erpressen, indem sie mit Rufschädigung droht. Was ich natürlich überhaupt nicht brauchen kann, schon gar

163

nicht jetzt, wo die Regierungsratswahlen anstehen und überall Plakate mit meinem Gesicht hängen.»

«Wenn das stimmt, was diese Frau erzählt hat, dann ist nicht nur deine politische Laufbahn zu Ende, sondern auch deine Ehe, Andy, das kannst du mir glauben! Mit einem ehemaligen Frauenschänder möchte ich keinen Tag länger zusammenleben!», schrie Sahra.

Margrit war eine emanzipierte Frau. Noch nie hatte sie sich von irgendjemandem manipulieren oder von ihrer Meinung abbringen lassen. Zudem besass sie einen untrüglichen Instinkt für die Wahrheit.

Als Arno nach Hause kam und sie ihn mit Ninas Bericht konfrontierte, war ihr sofort klar, dass das Ungeheuerliche wirklich geschen war.

«Arno! Jetzt bitte keine Spielchen! Keine Lügen! Sag einfach die Wahrheit! Hast du, zusammen mit deinen ehemaligen Kumpels, damals diese junge Frau vergewaltigt?»

Arno erschrak. Vor seinem geistigen Auge lief ein Film ab, in dem sein ganzes Leben, seine Ehe und seine Karriere als Politiker in Zeitlupe einen endlosen Wasserfall hinunterstürzte.

«Margrit, du weisst, dass ich heute nie so etwas tun würde ... Aber damals ... Wir waren betrunken ... Ich habe gewusst, dass mich das eines Tages einholen wird ...»

Margrit schloss ihren Mann in die Arme.

«Ich werde dich deswegen nicht verlassen, Arno. In guten wie in schlechten Zeiten, oder? Das haben wir uns einst versprochen. Und so soll es bleiben. Komm, lass uns überlegen, wie wir aus diesem Schlamassel herauskommen!»

«Wir müssen diese Frau kontaktieren, Nina! Ich bin sicher, dass sie mit sich reden lässt», drängte Margrit übers Handy.

«Sie heisst Dana und gehört zu einer Frauenorganisation, die sich *Angeli vendicatori,* also Racheengel, nennt. Ihre Mission besteht darin, Männer, die sich an Frauen vergangen haben, zu bestrafen.»

«Und woher weisst du das so genau, Nina?»

«Weil sie es mir gesagt hat!»

«Du hast sie kontaktiert?»

«Nein, sie mich. Woher sie meine Nummer hat, ist mir ein Rätsel, aber das ist jetzt nicht wichtig.»

«Und was hat sie sonst noch gesagt?»

«Dass unsere Männer und Diego bestraft werden, so wie sie es verdient haben. Mit Gottardo hat sie angefangen.»

«Was? Sie will unsere Männer umbringen?», schrie Margrit!

«Nein, nein, nein! Sag dieser Dana, dass sie das nicht tun darf, dass wir sie treffen wollen! Dringend! Es muss eine andere Lösung geben! ES MUSS!»

Dana wartete hinter einem Baum, bis Nina, Margrit und Sahra auf dem Parkplatz, auf dem Maja vor einiger Zeit ihren Entführern übergeben worden war, auftauchten. Unter ihrer Lederjacke trug sie die Beretta. Fünfzig Meter entfernt parkte ein unauffälliges Wohnmobil, von dem aus Tessa Danas Treffen mit den Frauen überwachte.

Mario war der festen Überzeugung, dass es eine andere Lösung geben müsse, als sich von Dana den Ruf seiner Familie zerstören zu lassen. Anhand von Ninas Verhalten vermutete er, dass sie nochmals von Dana kontaktiert worden war. Und als sie dann von einem Treffen mit Margrit und Sahra erzählte, griff er zum Handy.

«Andy, ich vermute, dass unsere Frauen sich mit Dana treffen wollen.»

«Das kann ich mir nicht vorstellen. Nina wird sich niemals auf eine Erpresserin einlassen!», antwortete Andy bestimmt.

Und Arno: «Margrit denkt daran, mit mir zusammen eine Lösung zu suchen, aber sicher würde sie mich informieren, wenn sie sich mit Dana treffen wollte.»

Und so beschloss Mario, die Sache allein in die Hand zu nehmen. Nachdem Nina weggefahren war, stieg er mit dem Jagdgewehr bewaffnet ins Auto und fuhr seiner Frau hinterher.

Es war fünf Uhr nachmittags als Nina beim Treffpunkt ankam. Wie abgemacht parkte sie ihr Auto etwa fünfzig Meter davor am Strassenrand und lief mit Sahra und Margrit langsam zum Treffpunkt.

Dort angekommen blieben sie stehen und warteten. Tessa beobachtete die Frauen vom Wohnmobil aus durchs Zielfernrohr einer interschallgedämpften SSG 3000 und gab, als sie nichts Verdächtiges entdeckte, Dana übers Handy Entwarnung.

«Da kommt die Frau, die sich an unseren Männern rächen will», murmelte Margrit, als Dana langsam auf sie zuschritt.

«Hallo. Ich will keine Zeit verlieren. Erklärt mir, weshalb ich eure Männer schonen sollte!», rief Dana.

«Weil sie jung, dumm und betrunken waren und nicht wussten, was sie taten. Und vor allem darum, weil du uns Frauen das Leid zufügen würdest, das du mit deiner Rache bekämpfst. Das geht auch für dich nicht auf, Dana! Wir machen dir einen Vorschlag ...»

«Geld? Ihr wollt eure Männer freikaufen?»

«Ja, wenn es keine andere Lösung gibt!»

Dana überlegte. Nur des Geldes wegen würde sie nicht auf ihre Rache verzichten, dass damit auch die drei Frauen bestraft würden, machte ihr wesentlich mehr zu schaffen.

Mario war den Frauen gefolgt, hatte sein Auto parkiert und war über den Feldweg hinter einen mit Mohnblumen bedeckten Hügel gelangt. Das Jagdgewehr in der rechten Hand schlich er sich in gebückter Haltung auf die kleine Anhöhe hinauf. Die letzten Meter legte er auf dem Bauch zurück, robbte, durch das hohe Gras und die Mohnblumen verdeckt, in Schussposition. Etwa fünfzig Meter entfernt standen Nina, Sahra und Margrit. Die dunkelhaarige Frau mit Lederjacke, die langsam auf sie zulief, musste Dana sein.

Plötzlich war Mario, als ob ihm jemand ins Ohr flüsterte: *Versuche abzuschätzen, was ein Schuss in dieser Situation für Folgen für dich haben könnte!*

Mario überlegte: Die Frauen würden hysterisch aufschreiend davonrennen, ins Auto steigen und nach Hause fahren. Irgendwann würde, da der Schuss weiterum zu hören sein würde, die Polizei auftauchen. Man fände die tote Dana, würde den Schusswinkel checken, das niedergedrückte Gras auf dem Hügel entdecken und, anhand der verwendeten Munition, ein Jagdgewehr als

167

Mordwaffe vermuten. Beim schnellen Rückzug nach der Schussabgabe könnte er zudem gesehen werden. Mario wurde plötzlich bewusst, in was für eine Situation er sich begeben hatte. Er beschloss, die Aktion abzubrechen.

Tessa beobachtete die Frauen vom Wohnmobil aus, schwenkte das Gewehr nach links über einen mit Mohnblumen bedeckten Hügel ... Die Blumen bewegten sich ... Tessa schraubte am Ziefernrohr, bis jedes Detail glasklar zu sehen war. Was sie dann entdeckte, liess ihren Adrenalinspiegel hochschnellen: Den Lauf eines Gewehrs, dahinter das Gesicht eines Mannes.

Tessa kam nicht zum Schuss. Mario war bereits auf dem Rückzug, kroch mit den Füssen voran den Hügel hinunter, stützte sich auf dem Gewehr ab und zog es auf dem Bauch liegend nach. Ein kleiner Ast, der ein paar Zentimeter aus dem sandigen Boden ragte, verfing sich im Abzugsbügel. Da Mario nicht daran gedacht hatte, das Gewehr zu sichern, bewirkte die ruckartige Bewegung, die er machte, um es freizubekommen, dass der Abzug durchgedrückt wurde ...

Als Dana den Schuss hörte, liess sie sich fallen, rollte, sich um die eigene Achse drehend, über die staubige Strasse und verschwand mit einem Hechtsprung zwischen den Haselstauden, die das Rheinufer säumten.

Die drei Frauen rannten in Panik zum Auto. Nina fuhr mit fünfzig durch die Dreissiger-, mit siebzig durch die Fünfzigerzone und dann mit hundertvierzig km/h auf die Autobahn. Plötzlich ertönte eine Sirene.

Nina erschrak und stieg abrupt auf die Bremse. Der kleine Raser geriet ins Schlingern. Nina versuchte ge-

genzusteuern, was dazu führte, dass ihr Gefährt in die Leitplanke prallte und auf dem Dach liegend über die Autobahn rutschte.

DANA UND TESSA

Tessa fährt mit ihrer Freundin im Wohnmobil nach Süden. Dana hat beschlossen, sich eine Zeit lang zurückzuziehen, um später, wenn sich alles beruhigt hat, ihre Rache zu vollenden.

Nina, Marios Frau, die schwer verletzt im Spital liegt, wird das Ableben ihres Mannes vorerst verschwiegen. Sie wundert sich, dass ihr Mann sie nicht besucht und ihre Söhne, die Tochter und die Enkel nichts von ihrem Vater und Grossvater erzählen wollen.

Margrit und Sahra haben Glück gehabt. Sie mussten zwar von der Feuerwehr befreit werden, doch ausser ein paar bösen Prellungen sind sie unverletzt.

«Willst du wirklich noch weitermachen, Dana?», fragt Tessa ihre Freundin. «Gottardo ist tot, Mario ist tot, seine Frau schwer verletzt …»

«Der Priester lebt noch! Er war der Schlimmste. Arno und Andy waren Mitläufer, Diego der Anführer. Er muss bestraft werden!»

«Und wie?»

«Ich lasse mir was einfallen …»

PIA UND BRUCE

Arne hatte, ohne Pia zu informieren, einen Spezialisten eingestellt, der für eine Pharmafirma gearbeitet hatte. Bruce war Amerikaner mit asiatischen Wurzeln, zwei Jahre älter als Pia, besass einen Doktortitel in Biochemie und war ihr auf Anhieb unsympathisch.

«Arne, mir gefällt dieser Bruce nicht. Er passt nicht in mein Team! Weshalb hast du mich bei seiner Wahl übergangen? Immerhin werde ich seine Vorgesetzte sein!», beschwerte sich Pia.

«Es tut mir leid, Pia. Aber ab jetzt wird Bruce die Abteilung leiten», antwortete Arne kühl.

Pia war tief gefrustet und von Arne enttäuscht. Widerwillig führte sie Bruce in ihre Forschungen ein und berichtete auch, was mit Paul geschehen war.

«So etwas darf nicht mehr passieren, und wird es auch nicht!», erklärte Bruce bestimmt.

«Die Firma, in der ich gearbeitet habe, ist schon einen Schritt weiter. Der Empfänger wird mittels einer Technik, die immer funktioniert, gesteuert.»

«Gesteuert?»

«Man hat diese Methode entwickelt, um Mitarbeiter zu stoppen, die in Gefahr geraten, Insiderinformationen weiterzugeben.»

«Stoppen?»

«Ein Beispiel: Vor einiger Zeit gab es einen Mann hier in der Gegend, der einer bestimmten Organisation angehörte. Er wurde von der Polizei verhaftet und verhört. In dem Moment, als er sich anschickte zu *singen*, begann er zu husten und spuckte Blut. Nach ein paar Minuten war er tot.»

Pia wurde bleich.

«Dann muss er bereits ...»

«Natürlich, jedes Mitglied solch einer Organisation wird bei der Aufnahme mit einem Chip *präpariert.*»

«Präpariert?»

«Diese winzig kleine Kapsel wird – nicht wie euer Nano-Chip, der im Blut herumschwimmt – hinter dem Ohr in den Schädelknochen implantiert.»

«Und dann? Kann jede Bewegung auf dem Bildschirm überwacht werden?», fragte Pia gespannt.

«Auf dem Handy sogar. Und nicht nur das. Dieses technische Wunderwerk beinhaltet Möglichkeiten, die erst durch die Entwicklung der Nanotechnologie in den letzten Jahren möglich geworden sind. Unter anderem werden Schwingungsfrequenzen, die durch Worte entstehen, erkannt, in Sprache übersetzt und als SMS übermittelt. Dadurch ist es ein Leichtes, zu erkennen, wann ein Mitglied der Organisation in Gefahr ist, zum Verräter zu werden.»

«Und wie wird die Eliminierung ausgelöst?»

«Durch einen SMS-Code übers Handy wird eine hochgiftige Flüssigkeit freigesetzt, lähmt die Atmung und zerstört das Lungengewebe ...»

«Mein Gott! Das ist ja unglaublich! Wissen die Mitglieder dieser Firmen, was der Chip beinhaltet?»

Bruce lächelte.

«Nein, nicht wirklich. Sie denken, dass er eine Art Identitäts- oder Firmenzugehörigkeitsnachweis ist, so wie die Tätowierungen bei Mafiaclans oder speziellen Bruderschaften.»

Pia schlug die Hände vors Gesicht: «Pierre!»

«Pierre? Wer ist Pierre?», fragte Bruce verwundert.

«Der Freund meiner Freundin. Der Mann, von dem du erzählt hast, dass er Blut gespuckt und nach ein paar Minuten tot war. Er muss so ein Ding hinter dem Ohr gehabt haben!»

Bruce nickte.

«Dieser Mann war oft im Ausland und von seiner Intelligenz her schwer zu kontrollieren. So hat man ihm, als er nach einem Motorradunfall bewusstlos im Spital lag, diesen Chip implantiert.»

«Ohne, dass es jemand bemerkt hat? Wie war das denn möglich?»

«Wir haben Ärzte, die für uns arbeiten.»

«Für euch? Wer seid ihr?»

Bruce lächelte.

«Das fragst du am besten deinen Vater.»

PIA UND ILLONA

Nach dem Gespräch mit Bruce verspürte Pia das Bedürfnis, sich jemandem anzuvertrauen. Was Bruce erzählt hatte, machte ihr Angst. Zuerst dachte sie an ihren Vater. Doch als sie nach Hause kam und ihn im Garten auf den Knien in einem Blumenbeet wühlend antraf, vermutete sie, dass ihn das Thema wahrscheinlich überfordern würde. Horst war einmal ein guter Ingenieur und Wissenschaftler gewesen, aber seitdem er tagein, tagaus als Security in seinem kleinen Häuschen sass und Ausweise kontrollierte, hatte er sich verändert. Ausser dem Garten und seinem Computer, an dem er in seiner Freizeit stundenlang herumbastelte, schien ihn kaum noch etwas zu interessieren.

Als Nächstes fiel ihr Illona ein. Seit dem letzten Gespräch, in dem sie ihr eingeschärft hatte, Arne auf keinen Fall mit seiner Vergangenheit zu konfrontieren, hatte Pia nichts mehr von ihr gehört. Vermutlich wusste sie gar nicht, dass er Bruce als neuen Abteilungsleiter eingestellt hatte.

Pia nahm eine Dusche, zog ihren Homedress an, liess sich auf die Couch fallen und wählte Illonas Handy-Nummer.

«Hallo, ich bin es, Pia.»

«Oh, hallo Pia. Was liegt dir auf dem Herzen?»

«Es liegt mir tatsächlich etwas auf dem Herzen, Illona. Arne hat meinen Job als Abteilungsleiterin neu besetzt, bist du darüber informiert worden?»

Illona zögerte eine Sekunde.

«Du hast es also gewusst!»

«Ja, ich habe es gewusst, Pia. Muss ich wohl, oder?»

«Und wieso hat man mich nicht in die Entscheidung einbezogen?»

«Das hat mit der uneingeschränkten Vollmacht zu tun, die mein Mann Arne erteilt hat.»

«Ok, Illona, ich verstehe. Es gibt jedoch noch etwas, das mich in diesem Zusammenhang beschäftigt. Dieser Bruce hat mir von einem Chip erzählt, den er in den USA zu entwickeln mitgeholfen hat. Er wurde zur Überwachung von Angestellten gewisser Firmen entwickelt ...»

Illona schwieg.

Dann: «Davon hat mir Arne nichts erzählt! Er hat nur gesagt, dass Bruces Erfahrung auf diesem Gebiet die Schwächen unseres Nano-Chips beheben könnte. Ich hoffe sehr, dass du alles geben wirst, um mit ihm dieses Ziel zu erreichen, Pia!»

Das klang irgendwie drohend.

«Natürlich, Illona. Selbstverständlich werde ich Bruce unterstützen, allerdings ...»

«Unterstützen genügt nicht, Pia!», unterbrach sie Illona scharf. Ich erwarte von dir, dass du dich einsetzt, als ob es um dein Leben ginge. Absolute Loyalität und Verschwiegenheit sind vonnöten, besonders auch deinem Vater gegenüber!»

Wieder dieser drohende Ton. Pia fragte sich, was das sollte.

«Mein Vater interessiert sich, seit er in diesem Kontroll-Häuschen hockt, nur noch für seinen Garten und seinen Computer. Von dem geht keine Gefahr aus.»

Illona lachte lauthals.

«Nichts ist, wie es scheint, Pia. Ich rate dir, halte Augen und Ohren offen, versiegle deine Zunge und traue niemandem, nicht einmal deinen eigenen Gedanken!»

«Meinen eigenen Gedanken? Wie meinst du das?»

«In meiner Jugendzeit gab es ein Lied, das wir oft in der Schule gesungen haben.»

«Was für ein Lied?»

«Die Gedanken sind frei ...»

«Ach so, das hat meine Grossmutter manchmal beim Abwasch vor sich hingeträllert.»

«Und, Pia? Glaubst du, dass deine Gedanken wirklich frei sind, auch in der heutigen Welt noch?»

Pia überlegte.

«Ja, Illona, das glaube ich. Gedanken können nicht aufgezeichnet werden», antwortete sie dann bestimmt.

«Da wäre ich mir nicht so sicher, Pia. Nebst der massiven Beeinflussung unseres Denkens durch die Massenmedien sind wir auch unsichtbaren Frequenzen ausgesetzt, die uns gezielt zu steuern versuchen, sowohl auf der mentalen als auch auf der emotionalen Ebene.»

«Ich weiss, worauf du hinauswillst, Illona. Aber ich denke, dass ich fähig bin, frei zu entscheiden, von welchen Informationen ich meine Gedanken beeinflussen lasse!», lies Pia verlauten.

«Ich habe gehört, dass die Chinesen über ein elektronisches Kopfband bereits Gedankenmuster ihrer Schüler aufzeichnen. Sie erscheinen auf dem Laptop des Lehrers in Form von Kurven und Farben, die zeigen, wie hoch die Aufmerksamkeit der Schüler ist. So ein Band könnte durch das Aussenden bestimmter Frequenzen zum Empfänger von Gedankenmustern werden, die darauf abzielen, eigene Gedanken zu überlagern, zu verändern und/ oder zu steuern. Bruce wird unseren Chip in diese Richtung entwickeln.», erklärte Illona.

«Und was sagt Arne dazu?»

«Arne hat Bruce als Verstärkung bekommen.»

«Weshalb?»

Illona überlegte, ob sie Pia einweihen sollte.

«Pia … Wie ich schon gesagt habe … Nicht alles ist, wie es scheint. Schon gar nicht in Bezug auf die Entwicklung unseres neuen Chips.»

«Wie meinst du das, Illona?»

«Es besteht die Gefahr, dass unsere Erfindung in die falschen Hände gerät. Vermutlich hat mein verstorbener Mann deshalb kurz vor seinem Tod Arne als CEO eingestellt.»

«Und was, wenn dein Mann ihn nicht freiwillig eingestellt hat? Wenn er dazu gezwungen wurde?»

«Gezwungen?», fragte Illona überrascht.

«Wie kommst du denn auf sowas, Pia?»

175

«Ich sage es nicht gern, Illona. Aber ich finde es sehr seltsam, dass Herr Brenner einem Mann, den er gerade erst kennengelernt hat, mehr Vollmachten gibt als seiner Frau, die nach seinem Tod die Firma übernehmen wird. Ich denke, es wäre möglich, dass unsere Erfindung von Anfang an *fremdbegleitet* wurde ...»

EMMA UND PIA

Emma hatte ein Geheimnis, das sie mit ins Grab nehmen würde. Es sei denn, es geschähe ein Wunder und das Kind, das sie vor neununddreissig Jahren zur Adoption hatte freigeben müssen ... Aber nein, das war unmöglich.

Emma war sechzehn, als sie von ihrem Stiefvater geschwängert wurde. Der angesehene Geschäftsmann konnte und wollte seinen Ruf nicht durch ein uneheliches Kind der Tochter seiner zweiten Frau gefährden. Er erzählte, dass Emma für ein Jahr nach England ginge und liess sie bis zur Geburt ihres Kindes in einem Kloster verschwinden. Als das Mädchen zur Welt kam, war Emma siebzehn. Es gab keine andere Möglichkeit, als es zur Adoption freizugeben. Ein goldener Anhänger mit Name, Geburtsdatum und den Worten: «*In Liebe, Mama*», war ihr Abschiedsgeschenk.

Als Emma wieder zu Hause war, ging das Leben weiter wie gewohnt. Ihre Mutter, die ihrem dominanten Mann völlig ergeben war, tat, als ob es nie eine Schwangerschaft gegeben hätte. Emma lernte, ihren Schmerz zu unterdrücken, verdrängte und verbarg ihn im hintersten Winkel ihres Herzens. Zusammen mit ihrer Mutter und zur Freude ihres Stiefvaters glänzte sie in den höchsten

Kreisen der Gesellschaft, als ob nichts geschehen wäre. Sie strahlte, lächelte und tanzte. Doch in ihrem Herzen war sie tot.

ANGELA UND DER BARON

Das Frauen-Kloster, in dem Emmas Mädchen zur Welt gekommen war, befand sich nah an der Schweizer Grenze. Es war unter Insidern bekannt für Diskretion und Verschwiegenheit.

Bevor eine schwangere Frau in Obhut genommen wurde, musste sie einen Vertrag unterzeichnen, der festlegte, dass sie für immer auf ihr Kind verzichten würde. Ob es danach zur Adoption freigegeben wurde oder für gewisse Bedürfnisse innerhalb der Katholischen Kirche Verwendung fand, hing von verschiedenen Kriterien ab.

Als Angela drei Jahre alt war, tauchte ein Mann auf, den die Oberin mit unterwürfiger Höflichkeit in den Kindersaal führte, der sich im Untergeschoss des Klosters befand.

Die Kinder, die dort auf ihren Betten lagen, sassen oder auf dem Boden spielten, wurden von Nonnen betreut, die streng darauf achteten, dass nichts ausser der Doktrin des katholischen Glaubens in ihr Bewusstsein dringen konnte.

Angela war ein besonders hübsches Mädchen. Als sie den Mann entdeckte, der mit der Oberin durch den Saal lief, versteckte sie sich unter dem Bett.

«Sie möchten ein Mädchen?»

«Ja! Und zwar das Reizvollste, das sie haben!»

177

«Da fällt mir nur Angela ein.»

Die Oberin sah sich suchend um.

«Angela!», rief sie laut.

«Sie wird sich versteckt haben, das kleine Ding. Ist eine Spezialität von ihr! Los, Numia! Such sie!»

Numia wusste, dass sie das Mädchen, das sie durch induzierte Latktation gestillt hatte und wie ihr eigenes Kind liebte, nie mehr sehen würde. Und auch Angela ahnte etwas. Sie krallte sich mit aller Kraft am Bettpfosten fest und schrie und weinte, als ihre Betreuerin sie davon losriss.

Der Mann warf einen Blick auf das Kind.

«Das soll das hübscheste Mädchen sein, das sie haben? Sie enttäuschen mich, Frau Oberin. Man hat mir gesagt, dass sie nur erstklassige Ware anzubieten haben, und jetzt zeigen sie mir so ein kreischendes Etwas! Was soll ich damit?»

Numia schöpfte Hoffnung und wollte schon mit Angela weglaufen, als der Mann hinzufügte: «Natürlich wird das den Preis auf die Hälfte reduzieren!»

Die Oberin errötete, entriss Numia das Mädchen und warf es dem Mann in die Arme.

«Ok, nehmen sie das Kind!»

Der Mann streckte Angela mit beiden Armen in die Höhe: «Ich bezahle den abgemachten Preis, Frau Oberin. Dafür bekomme ich aber beide. Diesen Schreihals hier und seine Betreuerin dazu!»

«Unmöglich, das geht nicht! Keine unserer Nonnen darf das Kloster verlassen!»

«Es sei denn, die Oberin erlaubt es, oder?»

«Das werde ich nicht, auf gar keinen Fall!»

«Und wenn ich gute Gründe hätte?»

«Was für Gründe?»

Der Mann übergab das weinende Mädchen der Betreuerin, zog ein gefaltetes Papier aus seiner Jackentasche und überreichte es mit einer übertriebenen Verbeugung der Klostervorsteherin.

Die Oberin nahm das Schreiben mit gerunzelter Stirn entgegen, faltete es auf und las ... Ihr Gesicht verfinsterte sich. Mit steinerner Miene gab sie dem Mann das Schreiben zurück.

«Nun, das sind Gründe, denen ich mich leider beugen muss, Herr Baron.»

Und an Numia gewandt: «Numia, stell keine Fragen, tue, was ich dir sage. Ab heute wirst du Gott in weltlichen Kleidern dienen!»

Numia presste Angela an sich. Am liebsten wäre sie mit ihr davongelaufen.

«Also, geh, Numia! Mit Gottes Segen für dich und die kleine Angela!», seufzte die Oberin und bekreuzigte sich.

Der Baron lief voraus zum Auto, das auf dem kiesbedeckten Parkplatz vor dem Kloster stand.

«Alles, was ihr braucht, wird neu eingekauft!», erklärte er auf Numias scheue Bemerkung hin, dass sie noch Angelas und ihre Sachen packen möchte.

Ein livrierter Chauffeur stieg aus der noblen Limousine, öffnete die Tür und bedeutete Numia, mit Angela auf dem Rücksitz Platz zu nehmen.

Während der Baron mit der Frau Oberin das Geschäftliche erledigte, sass Angela mit grossen Augen auf Numias Schoss. Alles war ihr fremd. Noch nie hatte sie ein Auto gesehen und schon gar nicht in einem gesessen. Und auch Numia kam es vor, als ob sie in einem Traum erwacht wäre.

Der weisshaarige Chauffeur betrachtete neugierig die beiden ungewohnten Passagiere im Rückspiegel.

«Ich bin Ben, und wer seid ihr?»

«Ich bin Schwester Numia, und das ist Angela», antwortete die Nonne leise.

«Ich freue mich! Das gibt endlich wieder etwas Leben in unserem Schloss», lachte Ben.

«Wir werden in einem Schloss wohnen?», fragte Numia überrascht.

«Jawohl, in einem Schloss mit einem Kerker!»

BRUCE UND PIA

Unter der Leitung von Bruce nahm die Entwicklung des Nano-Chips eine Richtung, die in Pia ein nicht genau zu lokalisierendes Unbehagen auslöste.

«Der bei Pierre angewandte Chip war nur eine Vorstufe von dem, was möglich ist», erklärte er.

«Mein Ziel ist es, durch einen als reguläre Grippe-Impfung getarnten Eingriff einen Micro-Chip im Körper des Empfängers stabil zu platzieren. Im Gegensatz zu eurem Nano-Chip soll er nicht ins Blut gelangen, wo er sehr schwer zu steuern ist, sondern sich im Schädelknochen hinter dem Ohr einnisten. Die Leute wissen nicht, wie weit die Nanotechnologie schon gediehen ist. In sogenannten Wissenschaftssendungen wird immer wieder behauptet, dass ein Chip in dieser Grössenordnung nie möglich sein werde. Etwas, was uns in die Karten spielt. Das Einzige, was die Menschen verunsichern könnte, ist, dass der Eingriff nicht wie üblich am Oberarm stattfindet.»

«Und was ist, wenn die Leute sich nicht *impfen* lassen wollen?»

«Das haben wir einkalkuliert. Es braucht Geduld. Jahre, Jahrzehnte lang. Wir planen, dass eines Tages jedes Neugeborene einen Basis-Chip bekommt. Mit der Zeit tragen alle Menschen dann diesen Chip in sich. Mit Folge-*Impfungen* können wir ihn dann modifizieren. Auf diese Weise werden wir eines Tages Denken, Verhalten und Lebenserwartung kontrollieren. Im Gegensatz zum Chip, den Arne Paul verpasst hat, wird der von uns entwickelte keinen Schaden anrichten. Da wir die Möglichkeit haben werden, unbequeme Leute ruhig zu stellen, indem wir ihr Denken blockieren oder in die gewünschte Richtung lenken, wird es nur in Ausnahmefällen nötig sein, jemanden zu eliminieren.»

«Mein Gott, Bruce! Wenn das Realität wird, gibt es in Zukunft nur noch Sklaven auf der Welt.»

Bruce lächelte.

«Niemand wird sich als Sklave fühlen, weil jeder Gedanke an Unfreiheit, Individualität oder Auflehnung durch eine entsprechende Schwingungsfrequenz bereits im Keim neutralisiert und umgepolt wird.»

«Und was geschieht mit Gewalt, Kriminalität, Mord, Drogenhandel und so weiter?»

Bruce starrte über Pia hinweg an einen imaginären Punkt an der Decke.

«Da gibt es allerdings ein Problem! Eines, dass wir vielleicht nie werden lösen können.»

«Wieso nicht?»

«Weil wir die Befugnis nicht haben.»

«Was für eine Befugnis?»

«Ich habe von uns als WIR gesprochen, doch es gibt

181

etwas, das über diesem WIR steht. Dieses ETWAS beinhaltet sowohl das sogenannte Gute, das WIR mit unserem Programm zu unterstützen glauben, als auch das Gegenteil, zu dem Gewalt, Kriminalität, Mord, Drogen- und Menschenhandel gehören.»

«Und? Wo ist das Problem?»

Bruces Gesicht verfinsterte sich.

«Diese Macht erlaubt uns nicht, das Böse vollständig auszurotten.»

«Und weshalb nicht?»

«Weil das Leben auf unserem Planeten ein Spiel ist. Ohne das Böse als Gegenpart des Guten wäre es sofort zu Ende. Was jedoch niemals sein darf, da die Macht, die das Spiel erfunden und in die physische Realität gebracht hat, in alle Ewigkeit weiterspielen will.»

«Und wer genau sind die Leute, die du mit WIR bezeichnest?»

Bruce blickte Pia tief in die Augen und erklärte feierlich: «WIR sind die, die, wenn die Zeit gekommen ist, das Leben der Menschen steuern werden. Von der Wiege bis zum Grab!»

«Und Arne? Gehört der auch zu den WIRs?»

«Arne weiss Bescheid. Herr Brenner, Illonas verstorbener Mann, ist gezwungen worden, Arne mit einem besonderen Auftrag als CEO einzustellen. Wie genau der lautet, wissen wir nicht, und er schweigt sich aus. WIR vermuten, dass er mit den Wesen, die das Spiel weiterspielen wollen, in Kontakt steht. Obwohl er auch uns unterstützt, wie er immer wieder beteuert.»

10. KAPITEL

DANA-ANGELA

Samstagmorgen. Dana verliess kurz vor acht Uhr ihre kleine Mietwohnung in der Nähe des Bahnhofs und schlenderte durch die Altstadt von Mailand, wo sich bereits jede Menge Touristen tummelten. Viertel nach neun sass sie im Caffè Ciacomo an der Piazza del Duomo.

Pierro, der Kellner, beobachtete, wie eine attraktive junge Frau mit dunkler Sonnenbrille und kurzen schwarzen Haaren vor dem Café stehen blieb. Sie trug eng anliegende Jeans, eine Lederjacke und On-Laufschuhe. Nachdem sie sich etwas umgeschaut hatte, setzte sie sich an einen der kleinen runden Tische und zündete sich eine Zigarette an.

Pierro brachte das gewünschte Getränk.

«Grazie», murmelte Dana, trank ihren Espresso und beobachtete aufmerksam die Leute auf der Strasse.

Als eine Gruppe Touristen stehen blieb und ihr dabei die Sicht verdeckte, wurde Dana unruhig. Sie warf ein paar Euro auf den Tisch, stand auf und verschwand in der Menge.

Eine Stunde später: Dana schlendert durch den Parco Giochi und setzt sich am See auf eine Bank.

Sie beobachtet die Leute, die Kinder. Ein etwa dreijähriges Mädchen läuft weinend an ihr vorbei zu ihrer Mutter, die ein paar Meter entfernt auf einem Badetuch sitzt. Die Frau tröstet das Kind, wiegt es in ihren Armen.

Die verweinten Augen des Mädchens lösen ein Trauergefühl in Dana aus. Sie kämpft dagegen an. Ihre Lippen beginnen zu zucken. Eine Mauer in ihrem Inneren fällt langsam in sich zusammen. Sie schlägt die Hände vors Gesicht, steht auf und läuft weg. Aus dem Park hinaus, durch die Altstadt, drängt sich durch die vielen Leute, fängt an zu rennen.

In ihrer Wohnung angekommen wirft sie sich angezogen aufs Bett und lässt ihren Tränen freien Lauf. Und dann, als ob ein Vorhang gezogen worden wäre, sieht sie plötzlich ein kleines Mädchen. Es weint und hat fürchterliche Angst. Eine alte Frau in schwarzer Tracht hat es einem Mann übergeben, der es lachend in die Höhe stemmt. Ihre Mutter steht hilflos daneben. Dann erlischt die Szene, es wird dunkel.

Das Handy reisst Dana in die Gegenwart zurück.

«Angela?», fragt eine Männerstimme.

«Was wollen sie?»

«Mit dir reden ... Ich kenne deine Mutter ...»

«Ich habe keine Eltern!»

«Niemand hat keine Eltern!»

«Ich schon!»

«Man hat dein Auto in einer Rüfe in der Schweiz gefunden. Es gehört einer Angela Bronalli ...»

«Und? Was habe ich damit zu tun?»

«Es gibt einen Zeugen. Sein Name ist Alfred. Er hat der Frau, der das Auto gehörte, nach dem Unglück Unterkunft gewährt!»

Dana atmete tief durch.

«Also gut. Wer sind sie, und was wollen sie?»

«Ich kann dir helfen, deine Vergangenheit, deine Kindheit, aufzuarbeiten.»

«Meine Vergangenheit ist tot! Ich wurde vor langer Zeit in einem Park hier in Milano von der Polizei aufgegriffen, ohne Erinnerung an irgendetwas. Im Waisenhaus hat man mich Angela genannt. Nach drei Monaten bin ich abgehauen.»

«Und woher kommt der Name Bronalli?»

«Von den *Angeli vendicatori*.»

Der Mann schwieg. Dana hörte das Geräusch einer sich öffnenden Tür, dann eine Frauenstimme ...

«Papa, da sind zwei Männer ... Sie wollen zu dir.»

«Angela, ich wollte ... Zu spät! Sie suchen dich! Vermutlich sind sie auch in Mailand! Bring dich in Sicherheit! Schnell!»

Dana rannte zum Fenster. Am Strassenrand gegenüber parkte ein schwarzer Mercedes. Sie schlüpfte in ihre Laufschuhe, in die Jacke, warf den Rucksack über die Schultern und blickte vorsichtig durch den Spion an der Tür. Auf dem Flur war niemand.

Danas Wohnung befand sich im Dachgeschoss. Es gab drei Möglichkeiten, das Haus zu verlassen: Über die Treppe, mit dem Fahrstuhl oder übers Dach und die Feuerleiter auf der Rückseite des Hauses. Dana entschied sich für die Feuerleiter. Sie aktivierte den Alarm an der Wohnungstür und stieg die schmale Treppe hinauf auf den Estrich.

Die Tür, die aufs Dach führte, war seit Langem nicht mehr benutzt worden. Dana musste ihre ganze Kraft aufwenden, um sie aufzustossen. Kaum auf dem Dach, ging die Alarmanlage los. Die Verfolger waren also bereits in der Wohnung. Flink kletterte sie über die Feuerwehrleiter nach unten, liess sich die letzten zwei Meter fallen und rollte sich hinter einen Abfallcontainer.

Keine Sekunde zu früh. Auf dem Dach stand ein Mann mit einer Waffe in der Hand.

«Die Wohnung ist leer! Vermutlich ist sie über die Feuerleiter geflüchtet. Gerri, lauf in den Hinterhof! Pass auf, sie ist bewaffnet!»

Dana öffnete ihren Rucksack, nahm die Beretta, mit der sie vor einiger Zeit Gottardo in den Arm geschossen hatte, hervor und sprintete mit der entsicherten Waffe zum Hofausgang.

Gerri schritt mit vorgestreckter Pistole auf den Hinterhof zu. Als er in Danas Gesichtsfeld auftauchte, wusste sie, wer ihre Verfolger waren. Ehemalige Söldner. Angehörige einer privaten Sicherheitsfirma, die in der ganzen Welt für Geld Leute umbrachten. Individuen, die kein Mitleid verdienten. Sie wartete, bis er sie entdeckte und die Waffe hob. Dann drückte sie zwei Mal ab.

«Hast du sie erledigt, Gerri?», rief der Mann auf dem Dach.

Dana dämpfte ihre Stimme, indem sie eine Hand auf den Mund hielt: «Ja!»

«Ok! Ich komme runter!»

Dana spurtete der Rückseite des Hauses entlang bis zur nächsten Gasse, überquerte die Strasse, verstaute ihre Waffe im Rucksack und schlenderte langsam auf dem gegenüberliegenden Gehsteig zurück zum Haus, aus dem sie eben geflüchtet war.

Der Mercedes stand immer noch da. Der Fahrer sass bei offenem Seitenfenster wartend am Steuer.

«Hallo, Schätzchen! Im Moment habe ich leider keine Zeit für dich …», grinste er, als die junge Frau neben dem Auto stehen blieb.

«Macht nichts ...», lächelte Dana, öffnete ihren Rucksack und zog die Beretta hervor ...

Der Mann, der Dana auf dem Dach verfolgt hatte, hörte den Schuss und rannte über die Strasse ...

«Marlon!», schrie er.

«Dieses Luder hat Gerri umgelegt!»

Marlon gab keine Antwort. Stattdessen tauchte Dana hinter dem Mercedes auf.

«Waffe fallen lassen!», herrschte sie ihn an.

Der Mann starrte sie überrascht an.

«Verdammte Hexe! Du hast auch Marlon erschossen! Das wird dich teuer zu stehen kommen!»

«Waffe fallen lassen!», schrie Dana wieder.

Der Mann zögerte, liess dann jedoch seine Pistole auf die Strasse fallen und hob die Hände ...

«Warum wollt ihr mich umbringen?», schrie Dana. Der Mann versuchte ein Lächeln ...

«Niemand will dich umbringen, Angela. Es geht darum, dich zu stoppen, dich wieder auf den richtigen Weg zu bringen. Wir sind da, um dir zu helfen. Du hast ja keine Ahnung, mit wem du dich anlegst. Wir kommen aus einer Zeit, die in deiner Erinnerung gelöscht wurde ... Der Mann, der dich als dreijähriges Mädchen gekauft hat, will dich zurück! Du gehörst ihm!»

Dana war überzeugt, dass der Mann log. Er war ein Söldner und Killer wie die anderen. Das dritte männliche Exemplar also, das kein Mitleid verdiente.

«Ich gehöre niemandem!», schrie sie wutentbrannt und schoss dem ihm zwei Kugeln in die Brust.

Mehrere Frauen und Kinder rannten aus dem Haus ... Plötzlich war die Strasse voll aufgeregter Menschen, die auf Dana zeigten.

«Polizei! Polizei! Die Frau dort hat einen Mann erschossen!»

Dana rannte davon. Durch eine Seitengasse in einen
Hinterhof, von dem aus eine Steintreppe in ein offenes
Gewölbe hinunterführte. Von dort aus in eine Gasse,
durch die farbenfroh gekleidete Stadt-Besucher ström-
ten. Sie hurte sich nieder, verstaute die Beretta im Rucksack und tauchte in einer Gruppe japanischer Touristen
unter.

HORST, PIA UND EMMA

Horst sass im Wohnzimmer in seinem Fernsehses-
sel und sah mitgenommen aus. Pia stand mit blitzenden
Augen, die Hände in die Hüften gestützt, vor ihm.

«Mit was für einer Angela hast du telefoniert?», schrie
sie ihren Vater an.

«Das ist eine lange Geschichte, Pia. Ich weiss nicht, ob
es Sinn macht, dich einzuweihen. Es gibt Dinge zwischen
Himmel und Erde, die ...»

«Paaapaaa!!! Ich bin kein kleines Kind mehr. Ich will
jetzt endlich wissen, was da los war. Hat Arne etwas damit zu tun?»

Horst lächelte müde.

«Ja und nein, was soviel heisst, dass ich mir nicht sicher bin. Bei Arne weiss niemand, wo er steht.»

«Und die beiden Männer vorhin?»

«Die wollten mich einschüchtern ...»

«Einschüchtern? Du machst mich wahnsinnig, Papa!
Vor zwei Tagen bis du in Arnes Büro gestanden, und er
sitzt wie ein Kaninchen vor der Schlange vor dir in sei-

nem Sessel. Dabei ist er dein CEO und du nur ein Security. Und jetzt diese beiden Männer vorhin!»

Horst blickte abwesend vor sich hin.

«Bitte sei so gut und lass mich allein. Ich muss nachdenken.»

Pia schlug die Hände über dem Kopf zusammen, stürmte in ihr Zimmer und rief ihre Mutter an.

«Ach, du schon wieder! Was ist denn jetzt los?»

Pia erzählte ihrer Mutter, was geschehen war.

«Als die Männer kamen, hat er mit einer Frau telefoniert. Er hat gerufen, sie solle sich in Sicherheit bringen, sie werde auch in Mailand gesucht!»

«Mailand? Hat er einen Namen genannt?»

«Ja, hat er. Angela, bring dich in Sicherheit, hat er gerufen, so als ob die Frau in Lebensgefahr wäre.»

Emmas Stimme klang verändert, als sie fragte: «Und du bist dir ganz sicher, dass sie in Mailand zu Hause ist?»

«Zum Zeitpunkt des Anrufs war sie das scheinbar.»

Papa hat später gesagt, dass er jetzt seine Ruhe brauche, weil er nachdenken müsse.»

«Nachdenken?» Emma lachte lauthals.

«Das ist nicht lustig, Mama!»

«Für mich schon! Weil dein Vater ständig über irgendetwas nachdenken muss. Warum wohl komme ich so selten nach Hause? Ich ertrage seine Art, sein Schweigen, seine Geheimnistuerei nicht mehr.»

«Schade! Ich vermisse dich, Mama.»

«Ich vermisse dich auch, Pia. Aber jetzt habe ich zu tun. Ich melde mich wieder. Tschüüüs!»

Pia legte sich hin und schlief ein. Als sie aufwachte, klebte ein kleiner gelber Zettel an der Tür: *Bin für ein paar Tage weg. Mach dir keine Sorgen. Papa.*

Während Pia in ihrem Zimmer schlief, bekam Horst einen Anruf von seiner Frau.

«Horst, ich muss mit dir reden. Pia hat mir erzählt, dass du mit einer Angela aus Mailand telefoniert, dass du dir Sorgen um sie gemacht hast. Darf ich erfahren, wer sie ist, und vor wem du sie gewarnt hast?»

Horst schwieg.

«Hat diese Frau etwas mit mir zu tun?»

«Wie kommst du denn darauf, Emma?»

«Weil ich nachgedacht habe. Das Mädchen, das ich mit siebzehn in einem Kloster zur Welt gebracht habe ... Erinnerst du dich? Du hast mir bei unserer Hochzeit versprochen, dass du sie suchen würdest! Hast du sie gefunden? Ich habe den Namen Dana-Angela und das Geburtsdatum in einen goldenen Anhänger eingravieren lassen. Allerdings weiss ich nicht, ob sie ihn nach so vielen Jahren noch auf sich sich trägt.»

Horst schwieg längere Zeit. Dann entschloss er sich, zu reden: «Angela sagte, die Polizei habe sie in einem Park in Mailand aufgelesen. Sie wusste nicht, wer sie war. Und auch nicht, wie sie nach Mailand gekommen war. Der einzige Hinweis auf ihre Identität war ein goldenes Medaillon, das sie um den Hals trug.»

«Dana-Angela? Also hast du sie gefunden, meine Tochter! Wie ist dir das gelungen und warum machst du ein Geheimnis draus?», schrie Emma.

«Ich schlag vor, du kommst wieder einmal nach Hause. Pia vermisst dich.»

«Und du? Vermisst du mich auch?»

«Natürlich, Emma! Aber jetzt habe ich zu tun.»

190

PIA UND BRUCE

Pia hatte Mühe, das Verschwinden ihres Vaters zu verkraften. Seine seltsame Reaktion auf ihre Fragen und die Nachricht «*Bin für ein paar Tage weg. Mach dir keine Sorgen. Papa*» hatten sie aus dem Gleichgewicht gebracht.

Am nächsten Morgen fragte Pia ihren Vorgesetzten: «Bruce, kannst du mir einen Rat geben?»

Bruce war etwas überrascht, dass seine Mitarbeiterin sich mit ihm über ihren Vater unterhalten wollte, hörte jedoch aufmerksam zu.

«Dein Vater sagte, die beiden Männer hätten ihn bedroht?», fragte er überrascht.

«Ja, das hat er behauptet. Es hat mich genervt, dass er nichts weiter sagen wollte, und so habe ich meine Mutter angerufen. Nach dem Gespräch mit ihr bin ich eingeschlafen. Als ich aufwachte, war Papa verschwunden. An der Tür hing ein Zettel mit der Nachricht, dass er ein paar Tage weg sei.»

«Und wann war das?»

«Vor zwei Tagen ... Übrigens, weisst du, was mit Arne los ist? Er ist nicht in seinem Büro und telefonisch ist er auch nicht zu erreichen ...»

«Arne? Ach, der hat ein paar Tage frei genommen», antwortete Bruce leichthin und verliess das Labor, um sich einen Kaffee zu holen.

Pia spürte, wie sich eine Welle der Empörung in ihr aufbaute. Arne hatte es nicht für nötig gefunden, sie persönlich zu informieren. Das war schäbig. Immerhin hatte sie mit ihrem Team in jahrelanger Arbeit den Nano-Chip entwickelt, und das war, auch wenn das Experiment mit

Paul Canvas schief gelaufen war, wohl Grund genug, ihr eine gewisse Wertschätzung entgegenzubringen.

Mit grossen Schritten lief sie den Gang entlang. Die Tür zum Aufenthaltsraum war nur angelehnt ...

Bruce telefonierte. Pia blieb stehen und lauschte.

«Kein Problem! Ok! Und was soll ich ihr sagen? Sie ist immerhin seine Tochter! Sie wird wissen wollen, weshalb ihre Forschung, dieser Nanochip ... Ok! Sie sind der Boss!»

Pia wartete, bis sie das Mahlen der Kaffeemaschine hörte und stiess dann die Tür auf ... Bruce erschrak, der Becher mit dem Kaffee glitt ihm aus der Hand ...

«Scheisse! Hast du mich erschreckt!»

«Du mich auch!», rief Pia.

«Hast du gelauscht?»

Pia nickte.

«Habt ihr über mich gesprochen? Du und Arne?»

«Das war nicht Arne, Pia.»

«Wer war es dann?»

«Das weiss ich nicht. Ich kenne seine Stimme, aber nicht seinen Namen.»

«Was ist mit dem Nano-Chip? Und was mit meinem Vater?»

Bruce gab keine Antwort. Er nahm einen Lappen und wischte den Boden auf.

Pia starrte auf seine Hände, beobachtete, wie die hellbraune Flüssikeit im Ablauf verschwand ... Bruce trug ein kurzärmeliges schwarzes T-Shirt, seine Arme waren unbehaart. Ihr Blick blieb an seinem Ohr hängen ... Dahinter entdeckte sie eine kleine Narbe ... Exakt an der Stelle, die Bruce ihr als ideal für das Implantieren des Überwachungschips geschildert hatte.

Während Pia im Labor weiter forschte, arbeitete ihr Verstand auf Hochtouren: Es sah ganz danach aus, als ob Bruce etwas vor ihr verbarg. Da war der Mann am Telefon, von dem er behauptete, nur die Stimme zu kennen. Bruce hatte mit ihm über den Nano-Chip gesprochen, hatte Bedenken bezüglich ihres Vaters geäussert: *Sie ist immerhin seine Tochter* ... Dieser Satz zeigte Pia, dass ihr Vater für Bruce eine Person war, die über ihm stand, jedoch unter dem Unbekannten am Telefon. In welcher Hierarchie, in was für einer Organisation? Sie hatte keine Ahnung, und das machte sie wütend!

Man hatte scheinbar ein Problem mit dem von ihr entwickelten Nano-Chip und wusste nicht, wie und ob man es ihr mitteilen konnte. Und dann das, was sie hinter Bruces Ohr entdeckt hatte: Eine kleine bläulich schimmernde Narbe, die Pia sofort auf den Gedanken gebracht hatte, dass auch Bruce bereits mit dem von ihm beschriebenen Chip markiert worden war. Er könnte also – wie Pierre seinerzeit – jederzeit eliminiert werden.

Pia fühlte sich übergangen, betrogen, gedemütigt!

Dass ihr Vater nach ein paar Tagen wieder auftauchte, ohne eine Erklärung für sein Verschwinden abzugeben, immer öfter im Büro des CEO ein und aus ging und sogar mit Arne zusammen in ihrem Labor auftauchte, dessen Zutritt für ihn eigentlich verboten war, brachte das Fass zum überlaufen. Pia dachte daran, alles hinzuwerfen und nach Deutschland zu ihrer Mutter zu ziehen.

Doch es kam noch schlimmer: Eines Tages bat Arne Pia, Horst ihre Arbeit, im Speziellen die Funktionsweise des Nano-Chips, zu erklären. Pias stellte sich quer.

«Arne, mein Vater hat sich noch nie für meine Arbeit und für biochemische Prozesse interessiert. Er ist Ingenieur. Er versteht, wie eine Maschine funktioniert, wie man sie für eine bestimmte Anwendung entwickelt oder optimiert. Es bastelt Computer zusammen und verbringt seine Freizeit im Garten mit der Züchtung von Rosen, Gemüse und neuen Äpfelsorten. Zudem ist er seit Jahren mit seinem Job als Security glücklich und zufrieden. Wieso sollte er sich jetzt plötzlich für meine Arbeit interessieren?»

Horst blickte Arne an, Arne Horst.

«Ok, es war eine dumme Idee von mir, Pia. Lassen wir das. Komm Horst, Bruce kann das übernehmen.»

Arne legte einen Arm um den Security, verliess mit ihm das Labor und tauchte ein paar Minuten später an Bruces Arbeitsplatz auf, der durch eine Scheibe von Pias Labor getrennt war. Das schlug dem Fass endgültig den Boden aus. Pia entledigte sich wutentbrannt ihres Laborkittels, schmiss ihn in den Schrank, schlüpfte aus ihren Arbeitsschuhen und verliess die Firma mit der Absicht, nie mehr wiederzukehren.

Rasant fuhr sie durch die Zufahrtsstrasse nach Hause, als plötzlich eine junge Frau auf die Strasse sprang. Pia erschrak und stieg auf die Bremsen. Der rote Suzuki kam einen Meter vor der Fremden zum Stillstand.

Kurze schwarze Haare, eng anliegende Jeans, schwarze Lederjacke, On-Laufschuhe.

Pia beugte sich aus dem Seitenfenster und schrie: «Was soll das? Bist du lebensmüde?»

«Bist du Pia, die Tochter von Horst?»

Pia betrachtete die junge Frau von oben bis unten und überlegte, ob sie sich outen sollte.

«Nein, ich komme vom Pizza-Lieferservice, lass mich durch!», rief sie und spielte mit dem Gaspedal.

«Bist du nicht! Du bist seine Tochter!»

Wütend stieg Pia aus dem Auto. Mit verschränkten Armen blieb sie vor der Fremden stehen.

«Dann bist du Angela aus Mailand! Die Frau, die mein Vater telefonisch gewarnt hat?»

«Die bin ich. Allerdings nenne ich mich Dana.»

«Und weshalb bist du hier?»

«Ich vermute, dass dein Vater meine Mutter kennt.»

«Deine Mutter? Weshalb sollte mein Vater deine Mutter kennen?»

Weil der Name Dana-Angela ins Medaillon eingraviert war, das ich in einem Goldkettchen um den Hals trug, als man mich aufgriff …»

«Aufgriff? Wie meinst du das?»

«Das Einzige, an das ich mich erinnerte war, dass ich in einem Park auf einer Bank lag, zwei Polizisten mich aufweckten und auf den Posten mitnahmen. Ausser dem Medaillon mit der Inschrift «*Dana-Angela, 16. Mai 1984 – In Liebe, Mama!*», trug ich nichts auf mir, das meine Identität hätte bestätigen können.

HORST, DANA-ANGELA, ARVER

Horst kam gegen sieben Uhr abends nach Hause. Es war Sommer. Die Sonne spiegelte sich in der breiten Glasfassade seines Hauses, die Tür zur Terrasse stand offen. Er parkte seinen alten Mercedes vor der Garage neben dem kleinen Suzuki seiner Tochter, stieg aus, öffnete das Gartentor, bewunderte seine Rosen, das Gemüsebeet, die Tomaten, die rot und prall an den Stauden hingen ...

«Pia!», rief er laut.

Keine Antwort.

Horst lief über den Rasen zur Terasse ... Und stutzte. Irgendetwas stimmte nicht. Der Tisch mit den weissen Stühlen, die blaue Liege ... Sie standen noch exakt an der gleichen Stelle wie am Morgen, als er das Haus verlassen hatte. Was ungewöhnlich war, da, falls Pia schon zu Hause war – und darauf deutete die Anwesenheit ihres Autos hin –, etwas verändert worden wäre.

Hort vergass die Rosen, die Tomaten, das Gemüsebeet. Er konnte die Gefahr förmlich riechen! Hing sie mit der Frau zusammen, die er vor einem Tag telefonisch gewarnt hatte? Angela! War sie hier? Ihre Verfolger? Oder beide? Und wo war Pia, seine Tochter?

Horst stieg in den Mercedes, öffnete das Handschuhfach, griff nach seiner Pistole und kontrollierte das Magazin. Als er aus dem Auto steigen wollte, spürte er einen harten Gegenstand an seiner Schläfe ...

«Leg sie wieder ins Handschuhfach und steig aus! Aber ganz langsam.»

Horst tat, was die Stimme hinter ihm verlangte und stieg aus dem Auto.

Vor ihm stand, mit einer alten Armeepistole in der Hand, ein Mann, den er noch nie gsehen hatte: Kurze graue Haare, knapp sechzig Jahre alt, Kinnbart, dunkel gerandete Brille, etwas übergewichtig ...

«Wer sind sie? Was wollen sie?», fragte Horst.

«Ich will meine Tochter kennenlernen, Herr Cerjak!»

«Ihre Tochter? Was habe ich mit ihrer Tochter zu tun? Wer sind sie überhaupt?»

Der Grauhaarige nahm die Pistole, in die linke Hand und steckte Horst die rechte entgegen.

«Ich bin Arver, ein alter Bekannter ihrer Frau. Ich bin hier, um ihnen mitzuteilen, dass eine vergleichende DNA-Analyse ergeben hat, dass Pia nicht ihre Tochter ist.»

Horst verschlug es kurz die Sprache.

«Und? Hat Emma diese Analyse machen lassen?»

Arver nickte und winkte. Drei Frauen kamen angelaufen: Pia, Emma und eine dunkelhaarige junge Frau, die nur Dana sein konnte.

Emma nahm Horst an der Hand …

«Arver hast du ja schon kennengelernt, Horst. Ich bin dir sehr dankbar, dass du Dana-Angela, meine Tochter, gefunden hast. Damit hast du dein Versprechen eingelöst, das du mir bei unserer Hochzeit gegeben hast.»

Pia war mehr als durcheinander und sehr ärgerlich. Schon lange hatte sie gespürt, dass mit ihrem Vater etwas nicht stimmte. Dass sie jetzt auf einmal einen anderen Vater haben sollte und sogar noch eine Halbschwester dazu, das verwirrte sie über alle Massen.

Emma legte einen Arm um Pia und zog sie an sich …

«Pia, es tut mir leid! Ich wusste nicht …»

«Das kannst du mir nicht erzählen, Mama! Natürlich hast du es gewusst und Horst vermutlich auch, oder, Papa?», fragte sie mit übertriebener Betonung auf dem Wort Papa.

11. KAPITEL

ARVER, HORST, PIA, EMMA UND DANA

Sie sassen alle zusammen im Wohnzimmer. Horst und Arver in je einem Sessel, Emma inmitten ihrer beiden Töchter auf der Couch.

Horst war nicht wohl in seiner Haut. Am liebsten wäre er davongelaufen. Doch dazu war die Situation zu ernst.

«Ok, ich denke, es ist wirklich Zeit, die ganze Sache aufzuklären ... Pia, du bist alt genug ...», begann er.

«Das bin ich schon lange!», rief Arvers neue Tochter erregt, stand auf und lief ans Fenster. Auch Dana erhob sich von der Couch, baute sich mit verschränkten Armen vor dem sitzenden Horst auf und starrte ihn böse an.

«Was mich betrifft, ich bin es gewohnt, dass ich nirgendwo hingehöre. Mir spielt es keine Rolle, ob Emma meine leibliche Mutter ist oder nicht. Was zählt ist, dass sie mich im Stich gelassen, mich weggegeben hat.»

Und an Emma gewandt: «Damit hast du dein Anrecht auf mich als deine Tochter verspielt, Emma! Du bist mir so fremd wie Arver und Pia. Ihr alle wisst nichts von mir! Gar nichts! Horst habe ich vor ein paar Tagen am Telefon kennengelernt. Wie er mich gefunden hat, und warum er wusste, dass man mich beseitigen will, weiss ich nicht. Ich denke, es wäre an der Zeit, Horst, dass du uns allen reinen Wein einschenkst!»

Dana setzte sich neben das Büchergestell auf einen Hocker. Pia tigerte aufgeregt im Wohnzimmer herum ... Plötzlich begann sie zu schreien: «Ich habe einen neuen

Vater, eine Halbschwester, die in einem Milieu verkehrt, wo sie von Männern gejagt wird, die sie umbringen wollen! Horst ist plötzlich mein Ex-Vater, und natürlich schweigt er sich über alles aus, wie all die letzten Jahre. Und meine Mutter behauptet, nicht gewusst zu haben, dass er nicht mein leiblicher Vater ist!»

Emma wurde unruhig. Ihre Augen flackerten. Hilfesuchend schaute sie Horst an, doch der senkte den Blick.

Arver hob die Hand.

«Sorry, Pia, deine Mutter hat keine Schuld an der ganzen Verwirrung. Als sie Horst heiratete, war sie überzeugt, dass sie keine Kinder mehr bekommen konnte. Sie wurde von ihrem ersten Mann gezwungen, Dana in einem Kloster zu gebären und eine Verzichtserklärung zu unterschreiben.»

«Ach, und das hat sie ausgenutzt, um mit dir fremdzugehen, Arver? Was dann schief gegangen ist, weil sie trotzdem schwanger geworden ist. Schäm dich, Mama!»

Pia schritt mit hochrotem Kopf zur Tür, um sich wieder einmal in ihrem Zimmer einzuschliessen. Doch dazu kam es nicht. Dana schnellte von ihrem Hocker hoch ...

«Bleib hier, Schwesterlein! So schnell geben wir nicht auf! Wir wollen die ganze Wahrheit wissen!»

Sie zog Pia von der Tür weg, drückte sie neben Emma auf die Couch und blieb mit gespreizten Beinen vor Emma, Pia, Horst und Arver stehen.

«Mir fehlt zwar die Erinnerung an meine Kindheit, doch mein Gefühl sagt mir, dass mit euch – sie zeigte auf Arver und Horst – etwas nicht stimmt! Und zwar ganz gewaltig nicht! Die Szene mit zwei älteren Herren, die beim ersten Kennenlernen beide eine Waffe in der Hand halten, ist mir sofort verdächtig vorgekommen!

Kein normaler Mann führt eine Waffe im Auto spazieren, Horst! Und was deine Armeepistole betrifft, Arver ... Mit so einer Waffe wollte man mich vor zwei Tagen in Mailand umbringen ... Gibt es vielleicht eine Verbindung von dir zu diesen Auftragskillern?»

Arver wechselte die Gesichtsfarbe.

«Dana, ich verstehe, dass du, nachdem was du durchgemacht hast, überall Gefahren siehst. Doch hier sind wir unter Freunden ...»

Freunden? Das Wort machte Dana stutzig. Sie hatte keine Freunde, dazu fehlte ihr das Vertrauen. Und dann wusste sie plötzlich mit absoluter Sicherheit, wer Arver war.

Ihre Augen bohrten sich in die ihrer Mutter: «Emma! Ich habe mich die ganze Zeit gefragt, was mit dir los ist. Du wirkst extrem angespannt, und deine Augen sagen mir, dass du Angst hast! Angst, weil du lügst? Gib es zu: Dieser Mann hier – sie zeigte auf Arver – hat dich benutzt, um mich wieder in seine Gewalt zu bekommen!»

Emmas Augen weiteten sich vor Schreck, als Dana plötzlich eine Pistole in der Hand hielt.

«Dana!», schrie Pia.

«Was soll das? Bist du verrückt geworden?»

«Nein, Pia, das bin ich nicht. Horst, der doch dein richtiger Vater ist, hat mich vor zwei Tagen von den Killern gewarnt, die Arver auf mich angesetzt hat. Da ich sie ausgeschaltet habe, hat er sich deine Mutter geschnappt, um in meine Nähe zu kommen. Stimmt doch, Emma, oder?»

Emma nickte mit Tränen in den Augen.

«Mama! Papa!», schrie Pia.

«Tut doch was!»

«Horst, nimm Arver die Pistole weg! Aber vorsichtig, er ist ein mehrfacher Mörder, Kinder- und Frauenschänder!», befahl Dana.

Horst schnellte aus seinem Stuhl hoch und trat auf Arver zu. Arver tat, als ob er mitspielen würde, doch dann sprang er auf und griff nach der Pistole ...

Horst reagierte mit einem blitzschnellen Handkantenschlag an seine Halsschlagader. Arver fiel der Länge nach auf den Teppich.

«Papaaa!», schrie Pia.

«Hast du ihn umgebracht?»

Dana senkte die Pistole.

«Danke, Horst. Binde ihm Hände und Füsse zusammen, bevor er zu sich kommt.»

«Und dann? Was hast du vor?», schrie Pia.

«Er wird mir erzählen, was in meiner Kindheit geschehen ist! Was er mir angetan hat!»

«Und wenn er sich weigert?»

«Dein Vater weiss, wie man Leute zum Reden bringt!»

Pia und Emma starrten erschrocken Horst an.

«Papa!», jammerte Pia entsetzt.

«Horst, ums Himmels willen, du willst ihn doch nicht foltern?», schluchzte Emma.

Horst starrte abwesend vor sich hin, verliess das Wohnzimmer und kam nach ein paar Minuten mit einer Rolle Klebeband zurück. Nachdem er Arver an Händen und Füssen gefesselt hatte, griff er zum Handy.

Pia schob ihre Mutter auf die Terrasse.

«Jetzt möchte ich ganz genau wissen, wie das mit dir und diesem Arver abgelaufen ist, Mama!»

Während Emma unter Tränen erzählte, was geschehen war, fuhr eine schwarze Limousine vors Haus. Zwei

Männer stiegen aus und trugen den bewusstlosen Arver zum Auto.

Eine halbe Autostunden entfernt. Ein Mann und eine Frau. Er: «Der Baron meldet sich nicht. Es muss etwas passiert sein. Kannst du sein Handy orten?»

DANA UND HORST

Die Frau hatte es geortet. Arvers Handy. Der rote Punkt auf dem Display bewegte sich über die Hauptstrasse und dann durch einen Wald ...

Dana sass mit Horst auf dem Rücksitz und beobachtete Fahrer und Beifahrer.

«Wer sind diese Männer?», fragte sie leise.

«Meine Leute!»

«Du hast Leute, die für dich arbeiten?»

Horst gab keine Antwort.

«Weshalb hast du gewusst, dass ich in Gefahr bin?»

Horst zuckte mit den Schultern.

«Connections!»

«Verbindungen? Dann weisst du auch, in was für einer Mission ich unterwegs bin?»

«Ja, weiss ich ...»

«Und warum hilfst du mir dann?»

«Weil das meine Aufgabe ist.»

«Und von wem bekommst du deine *Aufgaben*?»

Horst lächelte.

«Von oben ...»

«Und Pia und Emma? Wissen sie, was für einer Tätigkeit du in deiner Freizeit nachgehst?»

«Pia kaum .... Emma hingegen ...»

Plötzlich wurde es blendend hell. Scheinwerfer! Der Fahrer riss das Steuer herum und trat das Bremspedal bis zum Anschlag durch.

Dana war im Bruchteil einer Sekunde klar, was los war. Sie hielt sich am Türgriff fest, öffnete, noch bevor das Auto zum Stillstand kam, den Sicherheitsgurt, stiess die Tür auf, liess sich auf die Strasse fallen, rollte sich mit ausgestreckten Armen, die Beretta im Anschlag, über die Strasse und schoss auf den Schatten, der im Scheinwerferlicht auf sie zulief.

Ein unterdrückter Schrei und die Gestalt fiel der Länge nach auf die Strasse. Die Antwort kam in Form eines Kugelhagels aus einer Maschinenpistole.

Dana hechtete in den Strassengraben und rannte, Hacken schlagend wie ein Hase, in den Walde hinein ...

Arver wurde von zwei Männern aus dem Kofferraum gezerrt und, während ein Mann wild um sich schiessend den Rückzug deckte, zum wartenden Auto geschleppt.

Bevor die Tür sich schloss, traf ihn Horst's Kugel am Bein ... Dana hörte Arvers Schmerzensschrei, dann raste der Rover mit dem Mann, der ihre Kindheit zerstört hatte, davon ...

«Horst!»

Keine Antwort. Dana lief über die Strasse zum Auto. Fahrer und Beifahrer hingen, von Kugeln durchsiebt, in den Seitengurten. Horst lag mit ausgestreckten Armen neben dem Hinterrad auf dem Bauch ... In der Hand hielt er die Pistole, mit der er auf Arver geschossen hatte.

«Horst! Bist du verletzt?», schrie Dana.

Keine Antwort. Dana drehte ihn auf den Rücken und sah das Blut, die starren Augen ... Horst war tot.

Dana löste die Sicherheitsgurte von Fahrer und Beifahrer, zog die Männer aus dem Auto, schleifte sie im Scheinwerferlicht an den Strassenrand und liess sie dort liegen. Den toten Horst hob, zog und schob sie unter Aufbietung aller Kräfte auf den Rücksitz.

Die Kugeln aus der Maschinenpistole hatten die Frontscheibe durchlöchert. Zu Danas Erleichterung liess sich das Auto trotzdem noch starten.

Langsam fuhr sie durch den dunklen Wald zurück auf die Hauptstrasse. Von dort ins Dorf hinein, zum dem Haus, wo Emma und Pia immer noch im Dunkeln auf der Terrasse sassen. Als die Scheinwerfer das Haus erhellten und Dana langsam vor die Garage fuhr, rannte ihr Pia entgegen: «Papa ist zurück!»

Dana stieg aus dem Auto, schüttelte den Kopf. Pia verstand sofort. Sie schlug die Hände vors Gesicht: «Papa ist tot!», schrie sie und fiel schluchzend auf die Knie. Dana öffnete die Tür ...

Emma starrte stumm auf ihren toten Mann.

«Wie ...? Was ...?

«Es war ein Überfall. Sie haben Arver befreit und Horst und seine Männer erschossen. Einen habe ich erwischt, die anderen sind entkommen ...»

«Hast du schon die Polizei benachrichtigt?», fragte Emma mit monotoner Stimme.

Dana schüttelte den Kopf.

«Das ist deine Schuld, Dana!», schrie Pia.

«Ohne dich wäre das alles nicht geschehen!»

«Beruhige dich, Pia! So einfach ist das nicht!», wies Emma ihre Tochter barsch zurecht.

«Dein Vater trägt auch Schuld an dem, was passiert ist. Er hat sich auf etwas eingelassen, das ihm jetzt das Leben gekostet hat.»

Pia rannte ins Haus, warf sich schluchzend auf die Couch.

«Ich muss jetzt verschwinden, Emma! Kontakt mit der Polizei kann ich mir nicht leisten», murmelte Dana.

«Du brauchst ein Auto. Nimm Pias Suzuki. Lass ihn stehen, sobald du anderweitig weiterkommst. Der Schlüssel steckt.»

Emma schloss ihre wiedergefundene Tochter zum Abschied in die Arme. Ihr Herz füllte sich mit all der Liebe, die sie ihrem Kind nie hatte geben können.

Dana löste sich aus der Umarmung ihrer Mutter, stieg in Pias Suzuki und brauste davon. Über die Hauptstrasse und auf die Autobahn. Bei der ersten Raststätte hielt sie an, liess den Schlüssel im Auto stecken, begab sich ins Restaurant und bestellte einen Burger mit Pommes und Cola. Während sie ass und trank, wählte sie eine Nummer auf ihrem Handy. Nach einer halben Stunde war Tessa von den Angelos da.

«Nach Hause?»

Dana zuckte mit den Schultern.

«Für mich gibt es kein Zuhause!»

«Du hast in Mailand drei Männer getötet!»

«Es waren Söldner! Killer! Sie wollten mich umbringen. Ich bin ihnen zuvorgekommen.»

«Dana! Das war eine Terroreinheit der Polizei. Nach dir wird gefahndet. Du musst untertauchen.»

Dana blickte durch die breite Fensterfront. In fünfzig Meter Entfernung manövrierte ein weisser Kombi rückwärts neben Pias rotem Suzuki in den Parkplatz hinein.

Während Dana die Szene beobachtete, fragte sie Tessa:
«Kennst du einen Mann namens Arver?»

«Arver? Ja, der steht zuoberst auf unserer Liste. Ein Kinderschänder, Vergewaltiger und Mörder. Wieso fragst du?»

«Ich habe ihn bei Horst zu Hause kennengelernt. Er hat sich als Pias Vater ausgegeben. Und Emma gezwungen, mitzuspielen. Plötzlich erinnerte ich mich daran, wie ein Mann mich als kleines Mädchen im Kloster abholte ... Er war es! Arver! Die Oberin sprach ihn mit *Baron* an. In seinem Schloss wurde ich mit anderen Kindern zusammen an Pädophile Priester ausgeliehen.

Dass mir die Flucht gelungen ist, verdanke ich Numia, meiner Betreuerin im Kloster. Sie hat dafür mit dem Tod bezahlt.

Als ich mitten in der Nacht in einem Park in Mailand von einer Polizeipatrouille aufgegriffen wurde, war mir, als ob ich aus einem traumlosen Schlaf aufgewacht wäre. Ich konnte mich an nichts erinnern. Emma ist übrigens meine Mutter ...»

«Mein Gott, Dana! Und wo ist dieser Arver jetzt?»

Horst wollte ihn zum Reden bringen, doch seine Leute haben ihn befreit und Horst erschossen.»

Dana hatte, während sie mit Tessa sprach, den weissen Kombi beobachtet. Der Fahrer, ein dunkelhaariger Mann um die Fünfzig, hatte einen Blick in Pias Suzuki geworfen, die Fahrzeugnummer inspiziert und dann zum Handy gegriffen.

Dana stand auf und schlüpfte in die Jacke.

«Eines Tages werden wir ihn erwischen. Aber jetzt müssen wir los! Ich muss nur noch schnell ein Geschäft erledigen.»

Dana eilte zu den Toiletten. Tessa wartete beim Eingang.

Plötzlich raste ein weisser Jeep heran. Zwei Männer stiegen aus und stürmten in die Raststätte.

Tessa griff geistesgegenwärtig zum Handy.

«Dana, zwei Männer! Sind gerade an mir vorbei!»

«Scheisse! Warte beim Hinterausgang auf mich!», rief Dana, stürmte aus der Toilette und rannte in die Küche. Stolperte über eine Kiste mit Lebensmitteln, stiess einen Servicewagen um … Teller und Besteck fielen mit ohrenbetäubendem Geklirre auf den Plattenboden … Dana rannte weiter …

«Halt!», schrie der Chefkoch mit ausgebreiteten Armen. Dana duckte sich, stiess ihm die Schulter in den Bauch. Der beleibte Mann fiel mit einem Aufschrei auf den Rücken. Sie sprang über ihn hinweg, erreichte den Ausgang, riss die Tür auf, stürmte ins Freie, schaute sich suchend um … Ein Motor heulte auf … Hochtourig, gefährlich …

«Schnell! Beeil dich!», schrie Tessa und öffnete die Beifahrertür ihres roten Posche Carerra.

ARNE UND PIA

Arne bat Pia, Platz zu nehmen. Bleich, die Augen gerötet vom Weinen, sass sie dem CEO stumm gegenüber.

«Ich habe das mit deinem Vater gehört, Pia. Es tut mir sehr leid. Er war wie ein Freund für mich …»

«Ein Freund, Arne? Er war doch nur ein Angestellter, ein Security, wie geht denn das zusammen, dass er mit dir, dem CEO der Firma, befreundet war?»

Arne schaute Pia stirnrunzelnd an und überlegte, wieviel er ihr erzählen durfte.

«Pia, dein Vater war nicht nur ein Security in unserer Firma, er hatte noch einen Nebenjob ... Du durftest nichts davon erfahren, weil er dich schützen wollte.»

Pia sprang auf.

«Mich schützen? Wovor denn? Ich bin kein kleines Kind mehr. Mein Vater ist tot, weil er sich mit Kriminellen eingelassen hat! Ich verstehe einfach nicht, was da abgelaufen ist! Vor zwei Tagen ist meine Mutter mit einem Mann aufgetaucht, der behauptete, dass er mein leiblicher Vater sei. Kurz davor ist mir auf dem Nachauseweg eine junge Frau vors Auto gelaufen, die mir erklärte, sie sei meine Halbschwester. Und dann war auf einmal dieser Arver doch nicht mein Vater, meine Halbschwester hatte eine Pistole in der Hand und beschuldigte ihn, etwas mit ihrer Kindheit zu tun zu haben. Als der nach seiner Waffe greifen wollte, wurde er von meinem Vater niedergeschlagen und gefesselt.

Horst hat dann telefoniert, zwei Männer haben Arver in ihr Auto getragen, im Kofferraum eingeschlossen, und er und Dana sind mit ihnen davongefahren. Nach zwei Stunden waren sie zurück. Dana am Steuer, das Auto von Kugeln durchsiebt, mein Vater tot auf dem Rücksitz! Warum zur Hölle ist das passiert, Arver? Ich will wissen, was da abgelaufen ist und wieso mir niemand die Wahrheit sagt?»

Arne hievte sich aus seinem Sessel und reckte sich vor Pia in die Höhe ...

«Pia, das alles tut mir wirklich sehr, sehr leid. Doch, wie dein Vater, kann und darf auch ich dir nicht erzählen, was hinter all dem steckt.

Illona nahm Pia am Arm und führte sie zu ihrem Mercedes vor dem Firmeneingang.

«Pia, du hast viel durchgemacht, ich werde dir einiges erklären müssen. Das mit deinem Vater tut mir sehr leid.»

Ein weisshaariger Mann hielt den beiden Frauen die Tür auf. Pia rutschte auf den Rücksitz, Illona setzte sich neben sie.

«Zu mir nach Hause, John.»

John fuhr los. Eine kurze Strecke über die Hauptstrasse und dann auf die Autobahn. Illona blickte Pia mitleidig von der Seite an. Pias Augen füllten sich mit Tränen.

«Mein Vater ist tot, und dann war da ein Mann, der behauptete, ich wäre seine Tochter … Dann hatte meine Halbschwester plötzlich eine Pistole in der Hand und sagte, dass dieser Arver nicht mein Vater sei, er habe meine Mutter benutzt, um in ihre Nähe zu gelangen, weil er sie umbringen wolle … Ich glaube, ich verliere langsam den Verstand, Illona!»

Illona legte einen Arm um Pia.

«Keine Sorge, Pia. Deinen Verstand wirst du nicht verlieren, dazu bist du zu rational veranlagt. Sobald wir zu Hause sind, werde ich dir erklären, was für eine Rolle du in diesem Drama spielst.»

«Ich spiele nicht, Illona, ich mache nur die Arbeit, für die ihr mich eingestellt habt, das ist alles!», jammerte Pia.

«Natürlich! Das auch. Was du tust, was du mit deinem Team erreicht hast, das …»

Ein mit Baugerüsten beladener Lastwagen überholt, biegt, wegen eines entgegenkommenden Fahrzeugs, knapp vor dem Mercedes wieder auf die Spur ein und macht – aus welchem Grund kann der Chauffeur nicht sehen – eine Vollbremsung.

«Achtung, festhalten!», schreit John und tritt hart auf die Bremse. Die Köpfe der beiden Frauen fliegen nach hinten, werden von den Kopfstützen aufgefangen, nach vorne katapultiert und wieder zurück ...

Durch den Aufprall löst sich ein Eisenroh von der Ladebrücke des LKWs ... Eines davon durchschlägt die Frontscheibe des Mercedes, dringt durch den rechten Vordersitz und durchbort eine der beiden Frauen auf dem Rücksitz. Illona, die Inhaberin der Nanotech-Firma, ist sofort tot.

12. KAPITEL

THOMAS UND EVA

«Woran denkst du?», fragte seine Frau mitfühlend.

Thomas reagierte nicht auf ihre Frage. Er starrte auf den in der Abendsonne glänzenden Flügel mit dem Schweizerkreuz. Für ihn war es wichtig, dass er mit der Swiss nach Hause fliegen konnte. Fast zehntausend Meter weiter unten lag ein endloses Wolkenmeer.

«Ich weiss, es ist nicht einfach für dich, Thomas. Du hast deine Mutter seit drei Jahren nicht mehr gesehen, und nun ist sie tot. Achtundfünfzig ist kein Alter für eine aktive, gesunde Frau wie Illona. Aber es war ein Unfall, da kann niemand etwas dafür. Solche Dinge passieren jeden Tag auf unserer Welt ...»

«Ich weiss, Eva. Jeden Tag, jede Stunde, jede Minute, vermutlich sogar jede Sekunde wird jemand ins Jenseits befördert, auf welche Art und Weise auch immer! Aber jetzt ist es meine Mutter ...»

«Du glaubst nicht an einen Unfall?»

«Wenn es keiner war, dann wegen dieses Nano-Chips. Mein Vater hat vor seinem Tod gewollt, dass Arne den Chip in seinem Sinne entwickelt. Deshalb hat er ihm Vollmachten eingeräumt, die nicht einmal meine Mutter, als Inhaberin der Firma, hatte. Arne war jedoch, wie meine Recherchen ergeben haben, bereits damals Mitglied einer Organisation, die den Chip für ihre kriminellen Pläne missbrauchen wollte ...»

«Musste Illona deshalb sterben?»

211

«Ich habe herausgefunden, dass ein Mann namens Björn Larsson vor ungefähr zwanzig Jahren, zusammen mit seiner Frau, spurlos verschwunden ist. Einige Zeit später ist meinem Vater Arne Hansson als CEO vermittelt worden. Zeugnisse, Qualifikationen, Studienabschlüsse, sogar eine Dissertation über sein Fachgebiet, die er nicht mehr einreichen konnte, sind Wort für Wort identisch mit denen des Verschwundenen Björn Larsson. Einzig der Name und das Foto sind ersetzt worden.

«Und dein Vater ist darauf hereingefallen?»

«Sieht so aus. Die Ärzte gaben ihm noch ein halbes Jahr. Zwei Wochen nachdem der neue CEO die Firma übernommen hatte, starb er unerwartet an einem Herzversagen.»

«War er denn herzkrank?»

«Nein, er hatte Lungenkrebs, sein Herz war in Ordnung. Die Ärzte hatten keine Erklärung dafür, und meine Mutter wollte keine gerichtsmedizinische Untersuchung. Sie konnte den Gedanken nicht ertragen, dass man ihren Mann aufschneiden würde.»

«Und? Denkst du, dass er umgebracht wurde?»

«Ja! Ich bin sogar überzeugt davon. Und ich wäre auch nicht überrascht, wenn ich in Kürze ein Angebot für die Firma bekommen würde.»

«Und? Würdest du sie verkaufen?»

«Vermutlich bliebe mir keine Wahl?»

«Wieso nicht? Du schmeisst deinen Job bei der CIA, wir ziehen in die Schweiz, du übernimmst die Firma und entwickelst diesen Chip weiter ...»

«Um das mit meinem Leben zu bezahlen?»

Eva starrte ihren Mann erschrocken an.

«Du meinst, die würden auch dich ..?»

«Sie haben meinen Vater umgebracht und vielleicht auch meine Mutter ...»

Eva umklammerte den Arm ihres Mannes.

«Thomas, du machst mir Angst!»

Thomas schwieg. Eigentlich war alles, was seine Arbeit betraf, für Eva tabu. Doch zehntausend Meter über dem Boden schien das nicht mehr zu gelten. Und so begann er zu reden ...

«Die CIA gleicht einem Kraken. Der tierische hat acht Arme, sichtbare. Die der CIA hingegen sind unsichtbar und unzählbar. Ausser für eine kleine Gruppe, die im Hintergrund die Fäden zieht. Die Organisation wird von einigen wenigen Leuten gesteuert. Wie eine Spinne, die auf Beute wartet sitzen sie im Zentrum und am Schalthebel eines riesigen verborgenen Netzwerkes.»

Eva war voller Bewunderung für ihren Mann. Sie lehnte sich an seine Schulter.

«Arne hat vor einiger Zeit einen hochqualifizierten Bio-Chemiker eingestellt, um die Entwicklung des Nanochips zu beschleunigen. Diesem Mann und der Organisation, der er angehört, geht es jedoch nicht darum, den Leuten ein besseres Leben zu ermöglichen, wie es mein Vater wollte. Ihr Ziel ist die Kontrolle über die Menschheit.»

«Und wie wollen sie das bewerkstelligen?»

«Durch einen winzigen Chip, der – wie Ohrmarken bei Kühen, Schafen und Ziegen – in Zukunft jedem Neugeborenen eingepflanzt werden soll.»

Eva begann plötzlich zu frieren. Thomas legte einen Arm um seine Frau. Das Wolkenmeer war verschwunden. Mehrere tausend Meter unter ihnen glitzerte in Form eines Viertelmondes der Genfersee.

Nach einer Stunde sassen Thomas und Eva beim Abendessen im Flughafenrestaurant. Eva schaute ihrem Mann forschend in die Augen. Thomas wusste, was sie wissen wollte.

«Eine Vorsichtsmassnahme, Eva. Wenn meine Mutter noch lebte, würde sie uns mit ihrem Privat-Chauffeuer abholen. Da sie jedoch tot ist, wird man uns vermutlich ein Empfangskomitee schicken! Leute, denen ich nicht vertraue, weil ich sie nicht kenne. Wir übernachten im Flughafenhotel und fliegen morgen mit der ersten Maschine nach Kloten.»

DIEGO UND ILLONA

Illona war in Holland aufgewachsen. Kurt Brenner hatte sie während einer Fachausstellung in Amsterdam kennengelernt. Für sie war es Liebe auf den ersten Blick. Kurt hingegen war zu rational veranlagt, als dass er an Liebe gedacht hätte. Zehn Jahre älter als Illona und immer noch Junggeselle! Das wollte er so schnell als möglich ändern. Illona, fünfunddreissig, mit mehreren gescheiterten Beziehungen, ergriff die Gelegenheit und sagte ja. Ihm zuliebe wechselte sie sogar die Konfession und liess sich gegen den Willen ihrer Eltern katholisch trauen.

Als Diego von Illona Brenners Tod erfuhr, war er geschockt. Nicht, weil er sie näher gekannt oder besondere Sympathie für die erfolgreiche Firmeninhaberin empfunden hätte. Nein, das war es nicht. Was ihn mit ihr verband war ein Erlebnis, das viele Jahre zurücklag.

Eines Tages hatte er einer Frau die Beichte abgenommen. Nachdem er den Segen und die Strafe für die Vergebung ihrer wenigen Sünden gesprochen hatte, war etwas Aussergewöhnliches geschehen: «Ich möchte, dass sie einst bei meinem Begräbnis die Abdankung halten!», hatte die Frau geflüstert.

Diego hatte zögerte, sich gefragt, weshalb eine Frau in ihrem Alter sich bereits mit etwas beschäftigte, das mit grosser Wahrscheinlichkeit noch sehr lange nicht eintreten würde.

«Bitte! Es ist wichtig für mich!», hatte sie gefleht.

Also hatte ihr Diego versprochen, nach ihrem Tod die Abdankung zu halten, wann auch immer das sein werde.

«Falls ich dann noch lebe ...», hatte er noch hinzugefügt.

«Das werden sie! Danke!», hatte die Unbekannte geflüstert, ein Kärtchen durch das hölzerne Trenngitter geschoben und mit schnellen Schritten die Kirche verlassen. Der Text hatte gelautet: *Sie haben meinen Mann und mich getraut. Ihm zuliebe habe ich die Konfession gewechselt. Danke, dass sie meine Bitte erfüllen! Illona Brenner.*

DANA UND TESSA

Herbst. Die Sonne warf lange Schatten an die gegenüberliegenden Berge.

Eine Frau sass auf dem Balkon eines Chalets. Die Schlagzeilen über den Unfalltod einer Firmenbesitzerin in Graubünden bedeckten die ganze Frontseite der Boulevardzeitung, die aufgefaltet vor ihr auf dem Tisch lag.

Dana erinnerte sich an den Entführungsfall in der Firma der Verstorbenen. An den alten Mann, der ihr nach dem Niedergang der Rüfe Unterkunft und Schutz gewährte hatte. Alfred. Und an Lucas, dessen Eltern entführt worden waren. Sie wusste auch, dass seine Mutter von den Entführern vergewaltigt worden war und, dass sein Vater die beiden Männer in einem Tobsuchtsanfall umgebracht hatte.

Dana blätterte. Noch eine Seite über den Unfall. Bilder des zerstörten Autos. Spekulationen, wie es passiert sein könnte. Als ob das nicht Sache der Polizei wäre. Dann ein Bild des Sohnes. Des einzigen Erben.

Dana betrachtete den gut aussehenden Mann, fand ihn sympathisch. Sein Vater hatte anscheinend versucht, ihm die Firma schmackhaft zu machen. Doch er hatte andere Pläne gehabt und war in die USA ausgewandert. Sein heutiger Wohnort: Langley, Virginia.

Auf der nächsten Seite ging es um die Beerdigung. Ein grosses Ereignis. Auf dem Waldfriedhof. Abdankung ... Gehalten von ... Dana fuhr es kalt durchs Herz ... Diego! Dem katholischen Priester, der sie einst zusammen mit Gottardo, seinem Bruder Mario, Arno und Andy missbraucht hatte.

Gottardo hatte seine Strafe bekommen. Dana hatte ihn aus dem Fenster gestürzt. Mario hatte sich mit seinem Jagdgewehr selbst gerichtet. Vermutlich ein Unfall. Dann waren da noch Andy und Arno, die beiden Politiker ... Ihren Frauen zuliebe wollte Dana auf ihre Rache verzichten. Diego hingegen würde sie nicht verschonen! Niemals! Er war der Anführer gewesen. hatte seine Kumpels immer wieder zu neuen Spielen aufgefordert. Obwohl sie geschrien, gefleht und gebettelt hatte.

«Dana! Kommst du? Das Abendessen ist fertig!»

Dana warf die Zeitung auf den Tisch. Eine Weile noch beobachtete sie die Gegend. Die Berge, die untergehende Sonne. Das Tal, von dem aus eine schmale Strasse bis vors Chalet führte, in dem die *Angeli vendicatori* sie vor der Polizei versteckt hielten.

Vor der ans Haus angebauten Garage stand ein alter Jeep. Zwei Mal die Woche brachte Tessa Esswaren, Getränke und die neuesten Nachrichten. Damit Danas Aufenthaltsort nicht geortet werden konnte, gab es weder Handy noch Festnetztelefon. Und auch keinen Fernseher.

«Moderne TV-Anlagen sind nichts anderes als Hi-Tech-Computer», hatte man ihr erklärt.

«Die eingebaute Kamera ist unsichtbar, ebenso das Mikrofon, das deine Stimme analysiert. Was dann passiert, weisst du. Mitten in der Nacht schlagen schwerbewaffnete Polizeigrenadiere die Tür ein. Granaten! Gas! Gebrüll! Schüsse! Wenn du Glück hast, lässt man dich leben. In deinem Fall würde ich allerdings nicht zu sehr darauf hoffen! Immerhin hast du drei ihrer Leute umgebracht!»

«Nein, Tessa! Das waren keine Polizisten, das waren brutale, eiskalte Auftragskiller. Ich habe ihre Gesichter gesehen. Archer, der Baron, hat sie auf mich angesetzt. Er hat mich aufgespürt, wollte mich verschwinden lassen, weil er befürchtete, dass ich mich eines Tages an meine Kindheit in seinem Schloss erinnere! An seine schrecklichen Taten.»

Danas Augen waren schwarz vor Zorn. Ihr Körper zitterte. Sie griff sich eine Zigarette, zündete sie an, sog gierig den Rauch in die Lungen.

Tessa wartete darauf, dass sie sich zum Abendessen an den Tisch setzte. Und während sie wartete, glitten ihre Gedanken mehrere Jahre zurück in die Vergangenheit ...

Tessa ist auf dem Nachhauseweg nach einem Treffen mit den *Angeli vendicatori*. Sie läuft spätabends durch die dunklen Altstadtgassen von Mailand. Es ist Januar. Ein Hauch von Schnee liegt auf den Strassen. Auf einer Bank sitzt eine junge Frau. Sie zittert vor Kälte. Tessa bleibt stehen.

«Kann ich dir helfen?», fragt sie.

«Mir kann niemand helfen!», jammert die junge Frau.

Tessa setzt sich zu ihr auf die Bank. Sie spürt, dass sie Schlimmes erlebt hat. Um ihr Vertrauen zu gewinnen, erzählt sie ihr von einer Organisation, die sich für missbrauchte Frauen rächt.

Plötzlich ist die Frau hellwach.

«Wie heisst du?», fragt Tessa.

«Dana ...», flüstert die Fremde.

Tessa steht auf und reicht ihr die Hand.

«Komm, Dana. Wir gehen nach Hause!»

PETER KLAUS UND MARA

«Der Fall geht uns nichts an, Peter!»

«Ist mir schon klar, Mara. Trotzdem, man darf sich doch noch seine Gedanken machen, oder?»

Mara grinste. Sie kannte ihren Vorgesetzten. Peter Klaus hatte es immer noch nicht verwunden, dass man ihm den Entführungsfall von Paul Canvas weggenommen hatte.

Soweit er das beurteilen konnte, war in den vergangenen Wochen nichts unternommen worden, um den Fall zu lösen. Und das, obwohl es noch nie in so kurzer Zeit so viele Tote in der Gegend gegeben hatte.

Paul Canvas hatte seine Bewacher erschlagen. Im Spital in Tusa war ein alter Mann, der seine verunfallte Tochter besuchen wollte, erdrosselt worden. Kurz danach hatte ein Auftragskiller eine falsche Zielperson getötet und war dann in Notwehr von seiner Assistentin neutralisiert worden. Pierre, der Mann, den der Killer eigentlich hätte erledigen sollen, war bei der Vernehmung plötzlich tot umgefallen.

Auf ähnliche Weise war auch Paul Canvas nach seiner Entführung gestorben. In einem Bergdorf war ein Mann erschossen aufgefunden worden. Gottardo, der reformierte Dorfpfarrer war aus dem Fenster zu Tode gestürzt und Mario, der Bezirksrichter, hatte sich aus unerklärlichen Gründen mit dem Jagdgewehr umgebracht. Und das war noch nicht alles. Eines Abends war eine Schiesserei im Bonaduzerwald gemeldet worden.

Peter Klaus war noch vor der Polizei am Tatort eingetroffen. Im Scheinwerferlicht hatte er zwei tote Männer im Strassengraben entdeckt. Der Asphalt war mit Glassplittern übersät gewesen. Ein Dritter Mann hatte mit einer Maschinenpistole in der Hand und zwei Einschusslöchern in der Brust mitten auf der Strasse gelegen. Profi-Arbeit. Vermutlich auf dem Bauch liegend auf den stehenden Angreifer geschossen, hatte Peter vermutet.

Weiter war er mit seinen Untersuchungen nicht gekommen … Polizeisirenen! Scheinwerfer! Die Kollegen von der Kapo. Er war in sein Privatauto gestiegen und davongerast.

219

«Wir müssen mit dieser Pia reden, Mara!», brach es aus Peter heraus.

«Wie meinst du das?»

«Jemand muss der ganzen Sache nachgehen. Du siehst doch auch, dass nichts unternommen wird!»

«Peter! Diese Sache ist nicht mehr unser Fall! Das musst du endlich akzeptieren!»

«Ich kann nicht, Mara! Ich kann nicht! Ich spüre, dass etwas schief läuft. Ganz gewaltig schief läuft! Und jetzt, wo auch noch Frau Brenner tot ist ...»

Peter Klaus griff sich an die Stirn.

«Mein Gott! Ich hab's! Es geht um ihre Firma! Um diese Erfindung! Deshalb die vielen Toten! Alle sind hinter diesem Chip her! Die Leute, die Frau Brenner umgebracht haben, wollen ihre Firma übernehmen! – Amerikaner? Russen? Chinesen?»

Mara starrte ihren Chef entgeistert an.

«Du meinst, Frau Brenner wurde getötet, weil irgendwelche Regierungen in den Besitz dieses Chips gelangen wollen?»

«Genau! Das vermute ich!»

«So einfach wird das aber nicht. Es gibt noch einen Sohn. Thomas. Er wird die Firma erben!»

«Mein Gott! Natürlich! Das habe ich ganz vergessen! Wann findet die Abdankung statt und wo?»

«Mittwoch, 14.00 Uhr auf dem Waldfriedhof!»

«Und ihr Sohn wird dabei sein. Mit seiner Frau vermutlich. Wir müssen herausfinden, wann sein Flugzeug landet. Man wird versuchen, ihn abzufangen!», rief Peter aufgeregt.

«Aber Peter, wir können doch nicht einfach so auf eigene Faust handeln. Wir müssen den Dienstweg einhalten, die Vorgesetzten informieren, unseren Verdacht weiterleiten!»

Peter Klaus erhob sich von seinem Bürostuhl und schritt langsam auf seine Assistentin zu. Mara lehnte sich erschrocken zurück.

«Es geht um Leben und Tod! In diesem Fall um das Leben von Frau Brenners Sohn. Doch vor allem geht es darum, dass wir das tun, was wir als Kriminalbeamte tun müssen: Verbrecher bekämpfen, sie jagen und zur Strecke bringen, wo auch immer sie sich zeigen!»

THOMAS UND EVA

Am nächsten Tag standen Thomas und Eva mit je einem kleinen Rollkoffer in der Warteschlange bei der Sicherheitskontrolle. Ein grosser beleibter Mann drängte sich an Thomas vorbei, hielt sich einen Moment an seiner Schulter fest, entschuldigte sich und winkte seiner Frau, die weiter vorn auf ihn wartete.

Als Thomas an der Reihe war, legte er Koffer, Handy und Portemonnaie aufs Band und lief durch den elektronischen Torbogen.

«Halt! Nochmals zurück. Ziehen sie den Hosengurt aus! Legen sie ihn aufs Band!»

Thomas lief nochmals durch die Schranke.

Pib ... piiiiiiii!

Thomas griff in die Aussentasche seiner Jacke und ertastete einen länglichen metallenen Gegenstand ...

«Was ist?», fragte Eva besorgt.

«Legen sie das Zeugs in ihrer Jacke aufs Band und laufen sie noch einmal durch!», rief die Beamtin.

Thomas spürte, wie ihm Schweisstropfen über die Stirn liefen. Mit einem verkrampften Lächeln drehte er sich zu seiner Frau um und liess die Gewehrpatrone 90 in Evas Handtasche gleiten. Eva verstand und zog geistesgegenwärtig ihre PET-Flasche hervor.

«Die muss noch weg!», rief sie und eilte zum Ende der Warteschlange, wo der Entsorgungsbehälter stand.

«OK! Warten sie hier, bis ihre Frau wieder da ist!», befahl die Beamtin mit strengem Blick.

Aufatmend trat Thomas zur Seite. Eva stand vor dem Abfallcontainer und liess das kleine bronzefarbene Teil zusammen mit der PET-Flasche in den Behälter gleiten.

Das Aufprallgeräusch passte nicht ganz zu dem einer einzelnen PET-Getränkeflasche, doch niemand reagierte darauf.

Beim dritten Mal kam Thomas unbehelligt durch die Sicherheitsschranke. Und auch Eva passierte mit einem Lächeln die Kontrolle.

«Wieso hattest du dieses Ding dabei?», zischte sie Thomas an, als sie zur Gepäck-Ausgabe liefen.

«Ich weiss es auch nicht, Eva. In Langley war sie noch nicht in meiner Jacke und auch in Genf nicht. Jemand muss sie mir hineingetan haben ... Aber warum?»

«Warum wohl, Thomas? Wenn man die Patrone gefunden hätte, wärst du wahrscheinlich verhaftet worden und könntest – mindestens vorläufig – dein Erbe nicht antreten.»

Thomas blickte seine Frau erstaunt an.

«Und wer sollte ein Interesse daran haben, mich aus dem Verkehr zu ziehen?»

«Es gibt zwei Möglichkeiten: Jemand wollte dir damit schaden! Oder dich warnen!»

Thomas schüttelte den Kopf.

«Eva, ich bin sprachlos! Seit wann beschäftigst du dich mit Kriminalpsychologie?»

«Mein Koffer!», rief Eva, ergriff den roten Lederkoffer und zog ihn vom Band. Thomas Blick tastete die an ihm vorbeilaufenden Gepäckstücke ab, als er plötzlich eine Hand an seinem Arm spürte. Erschrocken fuhr er herum. Vor ihm stand ein Mann um die Fünfzig mit kurzen graumelierten Haaren. Ein paar Schritte hinter ihm wartete eine ernst dreinblickende, sportlich aussehende, Frau, die ihn sofort an eine Polizeibeamtin erinnerte.

«Entschuldigung! Herr Brenner? Thomas Brenner?»

«Wer sind sie?», fragte Thomas misstrauisch.

«Ich bin Inspektor Peter Klaus, und das ist meine Assistentin Mara Capaul.»

«Brenner!» stellte sich Eva vor und reichte erst Mara und dann Peter Klaus die Hand.

«Freut mich, Frau Brenner. Wir sind ihr Empfangskomitee.»

Thomas starrte den Inspektor an, dann seine Frau.

«Eva? Hast du das organisiert?»

Eva ignorierte seine Frage.

«Wir sollten uns beeilen, bevor vielleicht noch ein zweites Empfangskomitee auftaucht, Thomas! Deinen Koffer hat der Inspektor bereits gefunden.»

ALFRED UND LUCAS

Alle hatten die schreckliche Nachricht mitbekommen. Durch die Zeitung, das Fernsehen, Nachbarn, Verwandte oder Freunde. Nur Alfred nicht. Vermutlich lag es daran, dass er keine Zeitungen mehr las und den Fernseher entsorgt hatte.

Seit dem Vorfall mit den korrupten Polizisten und dem Schuss aus seinem Karabiner war Alfred zu einer Berühmtheit in der Gegend geworden. Obwohl er immer wieder darauf hinwies, dass Lucas, der Bub von Paul und Maja, der Held in der Geschichte wäre, liess man ihn nicht in Ruhe. Als dann eines Tages Leute vor seinem Haus auftauchten, die den Tatort besichtigen wollten, waren bei Alfred die Sicherungen durchgebrannt. Er hatte seinen Karabiner aus dem Schrank geholt, ihn auf die Leute angelegt und geschrien: «Will einer von euch den Polizisten spielen?» Von da an hatte man ihn in Ruhe gelassen.

«Mama! Alfred sitzt auf seinem Bänklein!»

Maja warf einen Blick aus dem Küchenfenster.

«Dann lebt er also noch ...»

Tatsächlich. Alfred sass Pfeife rauchend auf der Bank unter der gespaltenen Eiche.

Kurz darauf hörte Maja die Haustür zuschlagen.

Vom Küchenfenster aus beobachtete sie, wie Lucas zum Nachbar hinüberrannte.

«Ah ... Hallo Lucas. Lange nicht mehr gesehen ...»

«Das liegt daran, dass du nicht mehr aus deinem Haus kommst, Alfred!»

«Schon möglich, Lucas. Aber weisst du, ein Mann in meinem Alter braucht manchmal seine Ruhe.»

«Aber so verpasst du doch, was so alles passiert in der Gegend, Alfred!»

Alfred stiess eine Rauchwolke aus seiner Pfeife und blickte Lucas mit seinen wässrig hellblauen Augen fragend an.

«Was in der Gegend passiert? Was passiert denn so in unserer Gegend, Lucas?»

«Siehst du, du weisst es nicht! Hast keine Ahnung!»

Alfred nahm die Pfeife aus dem Mund.

«Wovon keine Ahnung?»

«Dass Frau Brenner tot ist zum Beispiel!»

«Frau Brenner? Die Fabriktante?»

«Vielleicht war es gar kein Unfall …»

«Sagt wer?»

Lucas schwieg.

«Los! Raus mit der Sprache!»

«Mama hat mir verboten, mit dir darüber zu reden. Sie sagt, du holst dann vielleicht deinen Karabiner hervor …»

Alfred schüttelte den Kopf und steckte die Pfeife wieder in den Mund.

«Was mit dieser Frau Brenner geschehen ist, kann mir doch egal sein, oder?»

«Eben nicht, Alfred. Darum darf ich dir nicht alles erzählen! Es ist nämlich so …»

«Spann mich nicht auf die Folter, Lucas! Erzähl einfach, was mich der Ansicht deiner Mutter nach soweit bringen könnte, dass ich mein Gewehr hervorhole.»

«Mama sagt, dass Thomas, Frau Brenners Sohn, aus Amerika zur Beerdigung kommt …»

«Und?»

«Aber Alfred, überleg doch mal: Falls es kein Unfall war, könnten diese Leute doch auch noch ihn umbringen wollen, oder?»

Alfred schüttelte den Kopf.

«Das verstehe ich nicht! Wieso auch?»

Lucas stiess Alfred in die Seite.

«Alfred! Checkst du das denn nicht? Thomas ist der einzige Erbe! Vielleicht wollen diese Leute die Firma übernehmen!

«Und wer sagt das?»

«Mama …»

«Und, wie kommt deine Mama auf so eine Idee?»

«Pia hat ihr das erzählt!»

«Pia? Wer ist Pia?»

«Alfred! Das ist doch Mamas Freundin. Die grosse blonde Frau, die du immer so lange anschaust!»

Alfred zog die Pfeife aus der einen Tasche und den Tabakbeutel aus der anderen …

«Du meinst, ich starre ihr auf den Hintern?»

«Ach, Alfred, das ist doch normal. Das machen alle Männer! Hat Mama gesagt …»

«So so! Alle Männer … Hat deine Mama gesagt …»

Lucas zuckte mit den Achseln.

«Ok, Alfred! Ich muss. Aufgaben machen. Denk drüber nach. Vielleicht braucht Thomas bald unsere Hilfe!»

THOMAS, EVA UND LIVIA

Inspektor Klaus und Mara brachten Thomas und Eva bis zu Illonas Villa.

Auf der Fahrt vom Flughafen nach Chur hatte Thomas versucht, sich ein Bild von der momentanen Lage der Firma zu machen. Das, was er schon wusste und das, was der Inspektor ihm erzählte, überzeugte ihn davon, dass die Nanotech-Firma seiner Mutter in die Hand einer kriminellen Organisation geraten und sein Vater überredet oder gezwungen worden war, einen CEO einzustellen, für dessen falsche Identität zwei Menschen hatten verschwinden müssen.

Thomas schritt langsam durch die Räume seines Elternhaus in der Altstadt von Chur, in dem seine Mutter seit Jahren als Witwe wohnte. Erinnerungen kamen hoch. An den Vater, den er mehr gefürchtet denn geliebt hatte, an Schulkollegen, Freunde, und an das Kindermädchen Livia.

Er blieb am Fenster stehen und schaute sinnend in den von einer hohen Steinmauer umschlossenen Garten hinaus.

Eva legte eine Hand auf seine Schulter.

«Wir haben alle diese Erinnerungen ... Gute und weniger gute ...»

«Wenn Papa nur nicht so stur gewesen wäre. Ich konnte, ich wollte die Firma nicht übernehmen! Aber er hat darauf bestanden. Ich war der Sohn, das einzige Kind. Er wollte mir einreden, dass er die Firma für mich aufgebaut habe, für meine Zukunft. Ich war jung und hatte eigene Ideen. Wir gingen im Streit auseinander. Ich in die USA, wo ich meinen eigenen Weg suchen wollte. Das konnte er mir nicht verzeihen. Er sprach nie mehr mit mir. Und so ist er gestorben. Das tut weh. Ich habe ihn damals nicht verstanden. Und ich verstehe ihn heute noch nicht.»

«Du hattest deine Mutter ... Und Livia ...»

«Livia?»

Thomas lächelte.

«Als Bub habe ich manchmal daran gedacht, sie eines Tages zu heiraten. Sie war immer freundlich und nachsichtig. Hat mich nie gescholten. Als ich dann in die

Pubertät kam, änderte sich alles. Ich war ziemlich eklig zu ihr. Ich wünschte, ich könnte mich bei ihr entschuldigen …»

In diesem Moment schlug die Türglocke an. Thomas lief die breite Steintreppe hinunter in die Eingangshalle und zog die schwere Eichentür auf …

«Hallo Thomas!»

Vor ihm stand sein ehemaliges Kindermädchen.

Livia zog Thomas an sich und küsste ihn auf beide Wangen.

«Herzliches Beileid!»

«Hi! I am Eva!»,

Livia liess Thomas los und reichte Eva die Hand.

«Livia! I was his nanny.»

«I know. We were just talking about you!», smilte Eva.

Thomas machte eine einladende Handbewegung.

«Komm doch herein, Livia. Wir haben uns sicher viel zu erzählen.»

Während Livia Eva die Treppe hinauf ins Wohnzimmer folgte, schloss Thomas die Tür, aktivierte die Sicherheitsanlage und schaltete die Überwachungskameras ein.

BRUCE DREHT DURCH

Ein Taxi fährt auf das Gelände der Nanotech-Firma. Der Security kennt den Fahrer und winkt in durch. Vor dem Eingang wartet Arne, der CEO.

Thomas steigt aus und hilft Eva aus dem Auto. Hand in Hand schreiten sie auf den Mann zu, der, wie Thomas vermutet, zu der Organisation gehört, die für den frühen Tod seines Vaters und vielleicht auch den seiner Mutter verantwortlich ist. Allerdings hat er keine Beweise. Und da die CIA, sein Arbeitgeber, ihn vor einiger Zeit angewiesen hat, alle Nachforschungen einzustellen, wird er ihm gegenüber so tun, als ob alles in Ordnung wäre.

«Arne!»

«Eva.»

«Thomas!»

Der grossgewachsene Schwede klopft Thomas kräftig auf die Schultern.

«Ich freue mich, dass du da bist, Thomas!»

In Arnes Büro warten Viktor, der Verwaltungsratspräsident mit drei Ratsmitgliedern, dazu Pia und Bruce.

Thomas erkennt in Bruce auf den ersten Blick einen ehemaligen Mitarbeiter der CIA, der vor ein paar Jahren als chinesischer Spion aus den USA ausgewiesen wurde. Während er den Verwaltungsrat begrüsst, beobachtet er aus den Augenwinkeln, wie Bruce mit der rechten Hand sein Ohr berührt ... Seine Lippen bewegen sich ... Thomas weiss, was das bedeutet. Der chinesische Spion hat eine Anweisung bekommen, vielleicht über ein winziges Mikrofon in seinem Ohr. Bruces Gesichtsausdruck verändert sich, die Augen flackern ... Seine Hand greift unters Jackett ... Alles geht blitzschnell. Plötzlich hält Bruce eine Pistole in der Hand und eröffnet das Feuer.

Arne stirbt als Erster, dann Viktor und zwei seiner Männer.

Thomas Training bei der CIA zahlt sich aus. Es stürzt sich auf den Schützen, es gelingt ihm, Bruce die Waffe aus der Hand zu schlagen. Während er verzweifelt mit ihm kämpft, ergreift Pia geistesgegenwärtig die Pistole ...

«Lass ihn los! Oder ich schiesse!», schreit sie.

Bruce gelingt es, Thomas mit einem Fusstritt ausser Gefecht zu setzen. Er streckt die Hand aus und flüstert mit einem irren Lächeln: «Gib mir meine Pistole, Pia!»

Pias Hand zittert. Sie weicht zurück, stolpert über den toten CEO, fällt auf den Rücken. Bruce grinst. Er ist sich sicher, dass seine Kollegin nicht schiessen wird.

Pia umklammert mit beiden Händen die Pistole. Sie hat noch nie eine Waffe in der Hand gehalten, noch nie auf jemanden geschossen, trotzdem ist sie bereit, es zu tun. Bruce macht einen Schritt, einen zweiten … Beim nächsten Schritt schreit Pia, ausser sich vor Angst und Wut: «Verdammtes Schlitzauge! Ich habe von Anfang an gewusst, dass mit dir etwas nicht stimmt!»

Dann drückt sie ab. Die Kugel durchschlägt Bruces linken Wangenknochen, zerfetzt die Ohrmuschel, zerschmettert den Schädelknochen und zerstört den Chip, über den Bruce den Befehl zu töten bekommen hat.

Arne, der Verwaltungsratspräsident Viktor Heer, zwei Kollegen und Bruce sind tot. Pia, Thomas, Eva und der Vizepräsident überleben das Massaker.

ILLONAS BEERDIGUNG

Illonas Beerdigung wurde überschattet vom Blutbad, das in der Nanotech-Firma geschehen war. Die Medien beschuldigten China. Die Chinesen wiesen jedoch jede Verbindung zu Bruce vehement zurück. Als dann bekannt wurde, dass Thomas bei der CIA arbeitete, vermuteten gewisse Kreise, dass auch die Amerikaner in den Fall verwickelt sein könnten.

Inspektor Klaus hatte Thomas auf der Fahrt vom Flughafen nach Chur erzählt, dass Paul und Majas Bewacher Russen gewesen waren. Das liess ihn vermuten, dass auch die russische Regierung versucht hatte, in den Besitz des Nano-Chips zu gelangen.

Die Organisation, die Arne als CEO lanciert hatte, reagierte nicht auf das Ableben des Mannes, für den sie zwei Menschen hatten töten lassen. Was Thomas alles andere als ein gutes Gefühl gab.

Am Abend vor Illonas Beerdigung fuhr ein Auto vor Alfreds Haus. Dana. Sie bat ihn, noch einmal bei ihm übernachten zu dürfen. Alfred war einverstanden. Er erfuhr, dass nach oder während der Beerdigung Pater Diego seine gerechte Strafe bekommen sollte. Alfred war nicht begeistert.

«Und du denkst, dass du das problemlos hinkriegst, Dana? Hundert oder mehr Trauergäste werden da sein. Zudem, nach dem, was in der Firma passiert ist, kann ich mir vorstellen, dass Illonas Sohn dafür gesorgt hat, dass die Polizei den Ablauf überwacht.»

«Sorgst du dich um den Pater oder um mich?», fragte Dana lächelnd.

Alfred fühlte sich ertappt.

«Hauptsächlich sorge ich mich um dich, Dana. Es wäre ja möglich, dass du nicht die Einzige bist, die mit einer Waffe auf dem Friedhof herumspaziert.»

Dana stutzte.

«Wie meinst du das?»

«Nun, da war doch dieser Arver, von dem du erzählt hast, dass er dich verschwinden lassen will. Ich denke, den solltest du noch nicht abschreiben.»

«Du meinst? Er könnte ...»

«Genau! Er könnte auf den Gedanken kommen, dass du bei der Abdankung zugegen wärst ...»

«Aber wieso? Er weiss doch gar nicht, dass ich den Pater auf meiner Abschussliste habe?»

«Und wenn doch?»

Dana starrte vor sich hin. In Gedanken erlebte sie noch einmal ihre schreckliche Kindheit in der Gewalt des Barons.

«Danke, Alfred! Ich werde aufpassen! Diese Beerdigung ist eine gute Gelegenheit, dieses Scheusal auch noch zu erledigen!»

Alfred nahm an der Abdankung teil mit der Absicht, Danas Rache zu verhindern. Dass er als ehemaliger Offizier im Besitz einer alten Armeepistole war, wusste niemand. Das Problem war, dass er nur noch eine einzige Patrone hatte.

Mit dieser Waffe unter der Jacke stand er dann mit Maja und Lucas zwischen den vielen Trauergästen. Aufmerksam beobachtete er den Waldrand, der den Friedhof säumte. Er vermutete, dass Dana wartete, bis die Beerdigung vorbei war. Und genauso war es.

Pater Diego beendete ohne Zwischenfall die Abdankung. Nachdem sich die Leute verlaufen hatten, stand er allein mit Thomas und Eva an Illonas Grab.

«Kommt! Lasst uns gehen, wir gehören nicht zur Familie!», rief Maja und zog Lucas mit sich.

Alfred ignoriert ihre Aufforderung. Er beobachtete, wie schon die ganze Zeit, weiterhin den Waldrand. Plötzlich entdeckte er einen Mann, der hinter einem Baum verschwand. Der Neunzigjährige setzte sich, so schnell als es seine alten Knochen zuliessen, in Bewegung und eilte zur Betontreppe, die hinauf zum Waldweg führte.

Dana sass, die Beretta im Anschlag, unter einer Haselstaude.

Ein paar Meter entfernt stand der Mann, den Alfred beobachtet hatte, hinter einem Baum. Arver, der Baron. Danas Kerkermeister. Beide, Dana und Arver waren so auf ihre Opfer fixiert, dass sie den alten Mann nicht bemerken, der sich ihnen näherte. Vorsichtig zog Alfred seine Pistole unter der Jacke hervor. Er wusste, dass er schiessen musste, wenn er Diego und Dana retten wollte. Doch es gab ein Problem, vielleicht auch zwei. Er hatte die Pistole nicht entsichert und nur eine Kugel zur Verfügung.

Das Geräusch des Sicherungshebels liess Arver herumfahren ... Als er den gebrechlichen alten Mann entdeckte, glaubte er im ersten Moment, es sei ein Spaziergänger. Und so zögerte er eine Sekunde zu lang.

Alfred drückte ab. Arver sackte, sich um die eigene Achse drehend zusammen, drückte jedoch noch im Fallen den Abzug ... Seine Kugel zerschmetterte in vierzig Metern Entfernung Pater Diegos Hüfte und ein kleines Teil seines Körpers, das er einst benutzt hatte, um Dana zu quälen.

Diegos Schmerzensschreie waren weitherum zu hören. Thomas kniete, mit dem Handy am Ohr, neben ihm. Leute kamen angerannt, Geschrei, Tumult.

Die beiden Schüsse und Diegos Schmerzensschreie, verwirrten Dana total. Mit einem Satz sprang sie hinter den nächsten Baum, verstaute ihre Pistole und lief dann, als Spaziergängerin getarnt, langsam über den Waldweg, als plötzlich ein alter Mann vor ihr stand.

«Mein Gott, hast du mich erschreckt, Alfred! Wo kommst du denn so plötzlich her?»

Alfred öffnete seine Jacke und zeigte Dana seine alte Armee-Pistole.

«Du warst das? Hast du auf den Pater geschossen?»

«Nein, ich habe Arver erledigt, bevor er dich ...»

«Arver! Den habe ich gar nicht gesehen! Dann hast du mir das Leben gerettet!»

Dana schloss Alfred in die Arme.

«Und wer hat auf Diego geschossen?»

«Das war die Kugel, mit der Arver dich töten wollte.»

Alfred legte einen Arm um Dana.

«Lass es gut sein, Dana. Diego ist sehr schwer verletzt. Und das, ohne dass du dir noch eine Schuld aufgeladen hast.»

Langsam liefen sie dem Waldweg entlang zum Parkplatz, von dem aus man auf die Stadt hinuntersah, als ihnen Lucas entgegenrannte.

«Alfred! Wieso bist du allein in den Wald gegangen?»

Alfred und Dana nahmen Lucas in die Mitte und liefen weiter, bis sie auf seine Mutter trafen.

«Lucas! Wo wars du denn?», rief Maja erleichtert.

«Ich habe Alfred gesucht. Doch dann war auch Dana da, und vorher hat jemand geschossen, aber Alfred sagt, er habe nichts gehört ...», stammelte Lucas aufgeregt.

«Es waren zwei Schüsse, sehr kurz hintereinander!», bestätigte Dana.

«Habe ich auch gehört! Was ist denn mit Pater Diego los. Warum schreit er so?», fragte Maja.

«Vielleicht hat er einen Hexenschuss bekommen, das kann sehr schmerzhaft sein«, grummelte Alfred vor sich hin.

«Und jetzt lasst uns nach Hause gehen, bevor die Polizei auftaucht und mich wieder nach meinem Karabiner fragt!», spasste Alfred.

Alfred drückte Dana seine alte Armeepistole in die Hand. Dana verstand. Sie würde dafür sorgen, dass seine Waffe für immer verschwand.

Als Maja mit Alfred und Lucas und Dana mit Tessa die steile Strasse vom Waldfriedhof in die Stadt hinunter fuhren, rasten zwei Polizeiautos, gefolgt von einem Krankenwagen zum Waldfriedhof hinauf.

«Was hast du mit Dana zusammen im Wald gemacht, Alfred?», fragte Maja etwas anzüglich.

«Och, nichts von Bedeutung. Ich habe ihr nur geholfen, etwas zu Ende zu führen, das sie ihr Leben lang belastet hat!»

INSPEKTOR KLAUS UND MARA

Peter Klaus sass in seinem Büro. Was in der Nanotech-Firma und bei Frau Brenners Beerdigung geschehen war, liess ihm keine Ruhe.

«Wenn unser Chef es ernst meint mit der Aufklärung dieser Morde, dann ...»

«Was dann?», fragte Mara, die ihm gegenübersass.

«Dann müsste er, aufgrund der Unterlagen meiner Untersuchungen, das Dossier wieder uns übergeben. Niemand sonst hat sich so intensiv mit diesem Fall befasst wie wir beide, oder Mara?»

Mara seufzte. Peter konnte es einfach nicht bleiben lassen. Schon dass sie Thomas und seine Frau in der Freizeit mit Peters Privatauto auf dem Flughafen abgeholt hatten war grenzwertig gewesen. Zum Glück hatte niemand etwas davon erfahren.

«Es ist nun halt, wie es ist. Wir haben getan, was wir konnten. Ich denke, wir haben uns ziemlich weit aus dem Fenster gelehnt, Peter.»

«Ich muss auf die Toilette», murmelte der Inspektor, stand auf und verliess das Büro.

Als er zurückkam, sass Herr Strobel, der Kommandant der Kriminalpolizei, auf seinem Stuhl ...

Peter starrte seinen Vorgesetzten an, dann Mara. Mara zuckte mit den Schultern.

Herr Strobel stand auf.

«Bitte setzen sie sich, Herr Klaus!»

Peter setzte sich.

Der Kommandant legte die Hände auf seine Schultern.

«Aussergewöhnliche Fälle verlangen nach aussergewöhnlichen Beamten! Ab sofort sind sie wieder zuständig für alles, was mit der Nanotech-Firma zu tun hat! Ist das angekommen, Inspektor Klaus?»

Peter durchströmte ein ungeheures Glücksgefühl.

«Ist das angekommen?», wiederholte Herr Strobel.

«Absolut, Herr Kommandant! Absolut! Wir machen uns sofort an die Arbeit!»

«Gut! Sie bekommen jede Unterstützung, die sie brauchen! Viel Glück!»

Als Peter eines Abends nach Hause fuhr, fiel ihm der alte Mann mit dem Karabiner ein. Er fuhr hinauf ins Dorf, wo die gespaltene Eiche stand.

Alfred sass Pfeife rauchend auf der Holzbank vor seinem Haus.

«Ah, der Herr Inspektor! Wollen sie mich wieder verhaften?»

Peter Klaus setzte sich zu ihm auf die Bank.

«Wie war das noch mit diesem Baum?», fragte er.

«Der Blitz hat ihn gespalten», antwortete Alfred.

«Eine junge Frau und ein vierjähriges Mädchen haben dabei ihr Leben verloren.»

«Traurig, traurig …», murmelte der Inspektor.

«Das Leben endet, wenn die Zeit dafür gekommen ist!», liess Alfred verlauten.

«So ist es wohl, Alfred. Zum Ende eines Lebens ist mir gerade noch etwas eingefallen …»

«Ja?»

«Gehe ich recht in der Annahme, dass sie, ausser ihrem Karabiner, nie eine andere Waffe im Haus hatten?»

Alfred hob überrascht die Augenbrauen.

«Vielleicht eine Armeepistole aus ihrer Militärdienstzeit als Leutnant?»

«Also doch! Sie wollen mich verhaften!»

Doch der Inspektor schüttelte den Kopf.

«Nur wenn sie zugäben, bei der Beerdigung von Frau Brenner mit einer Armeepistole einen Mann getötet zu haben. Da sie jedoch nie so eine Waffe im Haus hatten, nicht geständig sind, und wir auch keine Tatwaffe gefunden haben, ist der Fall für mich erledigt. Sie sind doch nicht geständig, oder Alfred?»

«Natürlich nicht, Herr Inspektor!»

«Ok! Dann habe ich keine weiteren Fragen!»

Peter Klaus stand auf, reichte dem Neunzigjährigen die Hand, warf noch einen Blick auf die gespaltene Eiche, stieg ins Auto und fuhr in gemächlichem Tempo dem verdienten Feierabend entgegen.

EPILOG

Zwei Monate später. Thomas hat seinen Job bei der CIA aufgegeben und ist mit seiner Familie in die Schweiz gezogen.

Das Büro des verstorbenen schwedischen CEO ist kaum noch zu erkennen. Farbenfrohe, grossflächige Bilder zieren die Wände. Pflanzen, die bis an die Decke reichen, sorgen für genug Sauerstoff.

Thomas sitzt hinter einem gläsernen Schreibtisch, in einem mit rotem Leder bezogenen Drehsessel.

Es klopft.

«Herein!»

«Hast du einem Moment Zeit?», fragt Pia.

«Für dich immer!», antwortet Thomas freundlich.

Pia setzt sich ihrem Chef gegenüber auf den Besucherstuhl und legt eine Mappe auf den Schreibtisch.

«Neue Ergebnisse?»

Pia nickt, öffnet die Mappe und überreicht Thomas ein Dokument. Während er das Schreiben überfliegt, zieht sie ein Gerät aus der Tasche und drückt eine Taste.

Thomas wird sofort emotional, schlägt die Faust auf den Tisch und ruft: «Es ist soweit! Die Testphase ist abgeschlossen. Unser Nano-Chip funktioniert! Haben wir ihn schon an Menschen getestet?»

Pia nickt.

«Und? Wie wirkt sich das aus?»

«So, wie dein Vater es gewollt hätte!»

«Fantastisch! Du bist ein Genie, Pia!»

Thomas steht auf, fasst Pia an den Händen und tanzt mit ihr *We-are-the-champions* singend zum Fenster und zurück.

Pia registriert mit gerunzelter Stirn das ungewöhnliche Verhalten ihres Chefs, dann drückt sie die nächste Taste.

Thomas bleibt stehen. Sein Lachen verstummt ... Er blickt um sich, als ob er aus einem Traum erwacht wäre, und setzt sich wieder hinter seinen Schreibtisch ...

«Gute Arbeit, Pia. Doch die grösste Herausforderung liegt noch vor uns. Wie vermarkten wir unseren Nanochip? Und an wen?»

«Och, das ist kein Problem, Thomas. Die Organisation, die deinem Vater Arne als CEO vermittelt hat, ist bereit, das zu übernehmen. Und ich werde ihnen dabei helfen!», erklärt Pia kühl.

«Wie, du hilft diesen Kriminellen?» schreit Thomas.

«Die haben meine Eltern auf dem Gewissen und ...»

«Was mir wirklich sehr, sehr leid tut!», unterbricht ihn Pia und drückt eine weitere Taste.

Thomas verstummt schlagartig.

Pia geht um den Schreibtisch herum und bleibt neben ihrem Chef stehen.

«Zeit, dass wir die Plätze tauschen, Herr Brenner!»

Thomas zuckt zusammen.

«Ach ja? Natürlich! Entschuldigung!»

Er fährt aus seinem Sessel hoch, setzt sich auf den Besucherstuhl und wartet, bis Pia in seinem mit rotem Leder bezogenen Chefsessel Platz genommen hat.

Um sieben Uhr abends verlässt Pia die Firma.

Im Security-Häuschen sitzt jetzt eine Frau.

«Ihren Ausweis, bitte, Frau Cerjak!», ruft sie.

«Du kannst mich mal, Dana!», lacht Pia und joggt leichtfüssig zu ihrem roten Suzuki.

ENDE

Hans Capadrutt

«NANO KONTROLLE» ist sein fünftes Buch und
der zweite Roman.